AF280846

Timo Vega

Louis
und die Hexe von Nordstrand

Die mysteriösen Kriminalfälle des Louis Pankauke

Ein queerer Kriminalroman

Zweite Auflage

Der Plot

Als Louis einen Kurzurlaub auf dem Hof seiner beiden Tanten an der Nordsee verbringt, gerät er schnell in einen Strudel mysteriöser Ereignisse. Nicht nur, dass ein unbekannter Verfolger ihm ein makabres Geschenk hinterlässt, so ist auch der alte Leuchtturmwärter Heinrich seit einiger Zeit spurlos verschwunden. Unter den Einwohnern im Dorf halten sich hartnäckige Gerüchte, eine Hexe treibe ihr Unwesen. Zusammen mit seinem vierbeinigen Gefährten Rufus und dem hübschen Pascal vom angrenzenden Reiterhof begeben sich die Freunde auf die Suche, die Geschehnisse aufzuklären, und stoßen bei ihren Recherchen auf einen schrecklichen Fund und eine unfassbare Tragödie, die bis weit in die Vergangenheit zurückreicht.

#Gaycrime #Spannung # Junge Detektive #Behagliche Wärme

Timo Vega

Louis
und die Hexe von Nordstrand

Die mysteriösen Kriminalfälle des Louis Pankauke

Ein queerer Kriminalroman

Zweite Auflage

Impressum

Bibliografische Information der Deutschen Nationalbibliothek:
Die Deutsche Nationalbibliothek verzeichnet diese Publikation in der Deutschen Nationalbibliografie; detaillierte bibliografische Daten sind im Internet über http://dnb.dnb.de abrufbar.

© 2025 Timo Vega - Zweite Auflage
Coverdesign: Timo Vega
Foto: iStock-498860202 – Bearbeitung durch Timo Vega
Verlag: BoD · Books on Demand GmbH, In de Tarpen 42,
22848 Norderstedt, bod@bod.de
Druck: Libri Plureos GmbH, Friedensallee 273, 22763 Hamburg
ISBN: 978-3-7597-9426-0

*

Rufus, der kleine Jack Russell Terrier, jaulte vor Freude auf, als Louis endlich die Autotür öffnete. Mit einem Satz war das schwarz-weiße Hündchen mit den eingeknickten Schlappohren nach draußen gesprungen und streckte seine Ledernase in alle vier Himmelsrichtungen. Der alte Rasthof an der A7 war ungewöhnlich belebt. Viele Reisende standen geduldig Schlange an den Zapfsäulen der Tankstelle, und auf dem angrenzenden Parkplatz reihten sich die Transporter der Berufskraftfahrer aneinander, die bei einem Becher Kaffee in der Oktobersonne pausierten. Selbst auf den Picknickbänken erholten sich mehrere Familien, bei Butterbroten und Limonade, von der anstrengenden Fahrt auf den überfüllten Straßen. Um dem Trubel zu entgehen, hatte Louis am angrenzenden Waldrand geparkt, den der frühe Herbst in leuchtendes Rot und Gelb eingefärbt hatte. Winde bogen die weit in den Himmel ragenden Bäume gefährlich zur Seite und wirbelten das bunte Blattwerk tanzend davon. Louis entschloss sich dazu, seinen von der Fahrt bleiern gewordenen Beinen mit einem kleinen Spaziergang, eine Erholung zu gönnen. Auch Rufus erfreute sich sichtlich an ihrem Ausflug und schnüffelte sich zielstrebig den Weg in den Wald hinein. Die fremden Gerüche schienen ihm gut zu gefallen. Selbst als ihn der Sand in der Nase zu einer Nießattacke zwang, dauerte es nicht lange, bis die ledrige Schnauze erneut jeden

Zentimeter des Waldbodens umgrub. Die beruhigenden Eindrücke der Natur klarten auch Louis´ träge gewordenen Sinne spürbar auf. Tief sog er die sauerstoffreiche Waldluft in sich ein. Sie würden nur noch wenige Kilometer bis Hamburg benötigen und von dort aus war das letzte Stück Fahrt, bis zu ihrem Ziel bei Nordstrand, in etwa zweieinhalb Stunden zu erreichen.

Tante Margarethe hatte bei ihrem letzten Anruf, vor lauter Vorfreude auf seinen Besuch, ganz aufgeregt geklungen. Er sah sie wegen der großen Distanz ihrer Heimatorte nicht mehr so häufig wie früher, aber ihre gemeinsamen Telefonate führten sie dennoch mit beharrlicher Regelmäßigkeit. Hier erfuhr er den neuesten Dorftratsch aus der kleinen nordischen Gemeinde und berichtete seinerseits die aktuellsten Geschehnisse seines jungen Lebens in Mannheim. Trotz des enormen Altersunterschieds, immerhin trennten sie gute vier Jahrzehnte, war sie ihm mit ihrer unkonventionellen, beinahe jugendlichen Art die Liebste aus der Verwandtschaft.
Tante Margarethe lebte seit Jahren mit ihrer Partnerin Luci auf einem alten Bauernhof, den sie in den frühen neunziger Jahren gekauft und gemeinsam saniert hatten. Der Hof war wenig wirtschaftlich, denn die beiden Frauen hatten ein viel zu großes Herz für ihre Nutztiere, die selbst dann noch auf dem Gehöft ihren Lebensabend verbringen durften, wenn diese schon

lange nicht mehr ertragreich waren. So hatte sich ihr Milchkuhbetrieb nach und nach in einen Lebenshof verwandelt, der sich durch Tierschutzorganisationen und gelegentlichen Tourismus finanzierte. Mit den Jahren, und der zunehmenden Gebrechlichkeit der betagten Frauen, stagnierten die tierischen Neuzugänge. Aktuell zählten lediglich noch zwei alte Milchkühe, eine Hand voll Ziegen und zwei Ponys zu ihrem Bestand und verbrachten die alten Tage in genüsslicher Ruhe mit den beiden liebevollen Frauen. Darüber hinaus zogen einige Katzen ihren Nachwuchs in den alten Stallungen auf. Anfangs wurden Louis´ Tanten von den anderen Ortsbewohnern recht argwöhnisch beäugt. Zwei Frauen aus der Stadt, ohne Mann – es wurde gemunkelt, sie hätten eine Beziehung... Tante Margarethe und Luci ließen diese Frage gerne offen und machten sich einen Spaß daraus ihre neugierigen Nachbarn darüber im Zweifel zu lassen.

„Sollen die Leute doch denken, was sie wollen! Das ist uns doch ganz gleich. Wer über uns Bescheid wissen soll, erfährt es auch. Und wer ein bisschen offen ist, sieht nicht weg, wenn zwei Menschen sich lieben!"

Louis fand es immer unglaublich beeindruckend, wie ausgesprochen mutig und gleichzeitig fröhlich die beiden taffen Damen mit der Kritik ihrer Umwelt fertig wurden. Mittlerweile, nachdem sie schon über dreißig Jahre auf ihrem Hof in der Nähe von Nordstrand lebten, waren sie schließlich ganz und gar in die Gemeinde integriert.

Bei ihrem letzten Telefonat hatte Tante Margarethe sehr aufgeregt geklungen und von dem mysteriösen Verschwinden des Leuchtturmwärters Heinrich berichtet. Schon seit geraumer Zeit war er nicht mehr gesichtet worden. Sein Haus war verlassen, doch er hatte sich bei niemanden verabschiedet. Obwohl er seit Jahren etwas zurückgezogen lebte, war das Urgestein der kleinen Ortschaft ein beliebter Mann, der regelmäßig seine Runde durch den beschaulichen Ort gemacht hatte. Auch Luci und Margarethe hatte er hin und wieder besucht, um Ziegenmilch zu kaufen. Dann saß er noch einige Zeit auf der Veranda, stopfte sich eine Pfeife und trank mit Luci einen heißen Tee, der, gebührend eines alten Seebären, mit einem ordentlichen Schuss Rum versehen war. Bei seinem letzten Besuch hätte er mit keiner Silbe erwähnt, dass er Nordstrand verlassen wolle und trotzdem gab es schon kurze Zeit darauf kein Lebenszeichen mehr von ihm. Er war einfach verschollen. Tante Margarethe war über sein plötzliches Verschwinden sehr besorgt.

„Und niemand hat eine Ahnung, wo er sich aufhält! Er hatte den Leuchtturm immer nur selten verlassen, doch nun steht er leer und es gibt keinen Hinweis, was mit Heinrich passiert sein könnte", hatte sie erzählt. „Komm doch für ein paar Tage zu uns hoch. Du warst schon ewig nicht mehr hier und wir würden uns so über deinen Besuch freuen. Die Abwechslung würde dir bestimmt gut tun..."

Rufus und Louis stiegen wieder ins Auto, um die Fahrt fortzusetzen. In der Tat war der Ausflug in den Norden eine höchst willkommene Abwechslung. Seit Milan sich im Frühjahr von ihm getrennt hatte, war sein Alltag in Mannheim unheimlich eintönig geworden. Gegen 9.00 Uhr stand er auf, trank zwei Tassen Kaffee und lief mit Rufus die Morgenrunde durch die angrenzenden Stadtparks. Ab 11.00 Uhr jobbte er dann als Aushilfskellner in dem rustikalen Gasthaus, in dem sich der Charme der achtziger Jahre hartnäckig hielt, jedoch nicht auf moderne Art und Weise. Rufus lag dann dort auf seiner Kuscheldecke und döste bis zum Feierabend vor sich hin. Direkt nach der Arbeit spazierten die beiden dann ihre große Runde an den Flussauen, bis Rufus vom Toben mit den anderen Hunden völlig erschöpft war und die rosa Zunge beinahe bis zum Boden heraushing. Die Sommerabende verbrachte Louis anschließend mit einem Freund in dem immer gleichen, queeren Straßencafé, wo er seine am Mittag eingenommenen Trinkgelder in ein paar erfrischende *Aperölchen* investierte. Jeden Abend saßen sie trinkend an einem Bistrotisch auf dem Bürgersteig und beäugten die Passanten, in der stillen Hoffnung, Milan würde zufällig ihren Weg kreuzen. Rufus döste währenddessen zufrieden auf seinem Schoß und hob höchstens mal den Kopf, wenn der süße Schnuckel vom Service mit einem Teller duftender Snacks an ihnen vorbeilief. Meist kam Louis erst kurz vor Mitternacht nach Hause, leicht alkoholisiert und enttäuscht. Er hatte weder Milan getroffen noch andere junge Männer kennengelernt, die sein Herz zum Hüpfen gebracht hätten. So oder ähnlich verging jeder Tag der zerronnenen Sommermonate und Louis hatte genug davon, jetzt wo der Herbst rasant Einzug hielt. Tante Margarethes Einladung kam da wie gerufen. Sie hatte das Beziehungsende der beiden Jungs sehr einfühlsam bedauert. Lediglich elf glückliche Monate hatten sie gemeinsam verbracht, ehe Milan bezweifelte, ob seine Gefühle stark genug seien. Louis konnte das nur schwer nachempfinden, denn er war noch verliebt gewesen wie am ersten Tag. Das Ende ihrer Beziehung folgte auf dem Fuße, beinahe klassisch. Milan fing zunächst eine Affäre mit Louis′ Mitbewohner an, um sich bald darauf vollends rar zu machen. Von heute auf morgen war er schließlich komplett untergetaucht und hatte ihn für immer zurückgelassen.

*

Die Abendsonne versank nun rasch am Horizont. Die letzte Stunde Fahrt über Landstraßen, durch eine atemberaubend schöne Landschaft, hatte ihn von den betrüblichen Gedanken an Milan abgelenkt. Stattdessen sang er, nicht schön, aber laut, die Popsongs aus dem Autoradio mit. Seine Stimmung war nun merklich aufgeklart und die Vorfreude auf seine Tanten beschwingte ihn.

„Nur noch zehn Minuten Rufus, dann sind wir endlich da...!" Er kraulte seinen Hund beiläufig hinter den Ohren. Rufus erhob sich umgehend und wedelte erwartungsvoll mit dem Schwanz.

Eine kalte Nacht war nun aufgezogen und begleitete die beiden Freunde klamm auf ihrem finalen Teil der Reise, welche sie durch einen dunklen Wald führte. Helle Nebelschwaden flohen aus dem undurchdringlichen Dickicht des Tanns und schwebten lautlos über den feuchten Asphalt der kurvenreichen Landstraße. *Weiße Schlangen*, assoziierte Louis und rieb sich die schweren Augenlider, die durch die schlechte Sicht müde geworden waren. *Konzentration! Du hast es bald geschafft!* Er ermahnte sich zum Durchhalten. Holzkreuze erhoben sich hier und da am Straßenrand, manche davon mit Fotografien versehen. Darunter brennende Grablichter und vermoderte Blumengebinde. Mahnmale tragischer Unfälle. Eine unbehagliche Schwermut überfiel ihn beim Anblick der aufgereihten Gedenkkreuze. *Ob sie alle sofort gestorben waren? Oder hatten manche von ihnen über Stunden oder gar Wochen einen Todeskampf geführt*, schweiften seine Gedanken zu den Schicksalen der Unfallopfer, als es plötzlich laut gegen seine Windschutzscheibe krachte. Geistesgegenwärtig riss er das Lenkrad herum und kam mit einer Vollbremsung am Straßengraben zum Stehen. Rufus bellte hysterisch, doch er sah unversehrt aus. *Dem Himmel sei Dank!*, atmete Louis erleichtert auf. Sein vierbeiniger Freund war seit mehreren Jahren sein treuester Weggefährte. Seit er bei ihm eingezogen war, waren sie kaum eine Sekunde getrennt gewesen. Er hätte es sich niemals verziehen, wäre Rufus wegen seiner Unachtsamkeit zu Schaden gekommen. Doch wenigstens einem Teilnehmer des Zusammenpralls ereilte ein weniger freundliches Schicksal, denn ein dicker brauner Fleck befand sich nun an der Stelle der Windschutzscheibe, an der es kurz zuvor den Aufschlag getan hatte. Als Louis durch den Rückspiegel spähte, erblickte er eine Krähe, die verdreht auf dem Asphalt lag. Ihr abgespreizter Flügel stand senkrecht gen Himmel und bewegte sich sachte im Wind. Mit pochendem Herzen, und Rufus ganz dicht an seiner Seite, näherte er sich dem toten Tier, das einige Meter hinter dem Wagen zu Fall gekommen war. Der Aufprall hatte dem Vogel das Genick gebrochen. Eine Böe blies gegen seinen abgespreizten Flügel und rüttelte an dem Kadaver. *Verdammte Autofahrerei*, bedauerte Louis den Unfall.

Er war ein absoluter Tierfreund. Der tote Vogel vor seinen Füßen schmerzte ihm das Herz. Auch Rufus sah beunruhigt drein und blickte abwechselnd von der Krähe zurück zu Louis. Einen Moment blieben sie ehrfürchtig bei dem Tier stehen, das so vorschnell und vollkommen unnötig vom Leben Abschied nehmen musste. Ihm kam die bittere Erkenntnis, dass die Landstraße nicht nur für die Menschen eine unglaubliche Gefahr darstellte, als Rufus unvermittelt die Ohren hob und seine Schnauze neugierig in den Wald hinein richtete. Kurz darauf knackte laut Gezweig aus der Dunkelheit am Straßenrand.

„Wer ist da?"

Louis starrte erschrocken in den Wald hinein, konnte jedoch kaum die dunklen Silhouetten der Bäume und Büsche voneinander trennen. Ihm schauerte es kalt den Rücken hinab. Gleichzeitig bleckte Rufus seine spitzen Zähne bedrohlich in die Finsternis. Morsches Geäst barst in der Nähe und deutlich waren schlürfende Schritte durch Laub zu hören, doch niemand antwortete auf sein Zurufen. Dafür näherten sich die Geräusche aus dem Dickicht merklich. Seine Herzfrequenz stieg nun schlagartig an und erste bedrohliche Panik breitete sich aus. Ein großer Schatten löste sich schließlich aus dem Dunkel und trat nun zielstrebig auf sie zu. Ausdruckslose Augen funkelten starr unter einer dunklen Kapuze hervor. Rufus´ Bellen überschlug sich hysterisch und ähnelte bald schon einem Winseln. Bedrohlich näherte sich die schweigsame

Person auf sie zu. Louis überlegte, ob er erneut das Gespräch suchen sollte, doch instinktiv setzte sein Fluchtreflex ein und schon rannten die beiden verängstigten Gefährten zum Auto zurück, als sei der Teufel hinter ihnen her. Er hoffte nur, dass er jetzt vor lauter Schreck den Wagen nicht abwürgte, als er auch schon den Schlüssel drehte und die Zündung startete. Das Auto heulte laut auf und mit einem Blitzstart brausten sie in die Nacht davon. Der Nebel und der dichte Wald verschluckten bald schon ihre Silhouette. Dennoch brannte sich beim letzten raschen Blick in den Rückspiegel das Bild einer unheimlichen Gestalt in sein Gedächtnis, die bei dem toten Vogel kniete.

*

Der Empfang bei Tante Margarethe und Luci war wie immer sehr herzlich. Gleich als er aus dem Auto gestiegen war, nahmen ihn die beiden alten Damen glücklich in die Arme und herzten ihn energisch.

„Schön, dass du da bist! Aber du hast lange gebraucht... Hoffentlich war nicht zu viel Verkehr auf den Straßen?!"

„Ach Margarethe, du kennst doch seinen vorsichtigen Fahrstil... Mich wundert, dass er überhaupt schon Nordstrand erreicht hat. Ein Formel1 Pilot war Louis doch noch nie..." Luci lachte und knuffte ihn feste in die Seite.

Wenig später saßen sie alle zusammen in der warmen Stube vor dem Kamin. Tante Margarethe hatte ihnen allen eine heiße Tasse Ostfriesen-Tee gebracht und Louis gleich mit einem Paar viel zu großer Wollsocken ausstaffiert, gegen die er sich nicht rechtzeitig gewehrt hatte.

„In der Nacht wird es hier bei uns im Norden mittlerweile schon ganz schön frisch. Die Temperaturen fallen beinahe bis zum Gefrierpunkt. Ihr Stadtkinder seid die nordische Kälte doch überhaupt nicht gewohnt", erklärte sie, während sie ihm die geringelten Wollsocken überstülpte. Auch Rufus bekam eine kuschelige Wolldecke vor den Ofen gelegt, auf der er sich zufrieden auf den Rücken rollte und alle Viere von sich streckte. Es dauerte nur wenige Minuten, bis das gleichmäßige Knistern des Feuers und die behagliche Wärme den kleinen Hund eingelullt hatten und seine rosa Zunge zufrieden aus den Lefzen baumelte. Auch von Louis fiel endlich die Anspannung der Fahrt ab. Er hatte sich in den gemütlichen Ohrensessel sinken lassen und die Füße auf einem Hocker vor sich abgelegt, von wo aus ihn die Ringelsocken verhöhnten. Von der unheimlichen Begegnung auf der Landstraße hatte er nichts erzählt. Lucis Kommentar über seinen Fahrstil hatte ihm gereicht. Wenn sie jetzt auch noch erfuhren, dass er sich sprichwörtlich beinahe in die Hosen gemacht hatte, würde er nur noch mehr Spott ernten. Er hatte absolut keine Lust darauf den Rest seines Urlaubs als Hasenfuß verschrien zu sein. Im Nachhinein betrachtet war ja auch gar nichts Schlimmes passiert. Wahrscheinlich hatte ihm nur der Schreck des plötzlichen Aufpralls in den Knochen gesteckt. Obendrein hätte selbst die taffe Luci bei dieser düsteren Atmosphäre im Wald, mit dem geisterhaften Nebel und den Kreuzen, weiche Knie bekommen, mutmaßte er. Lediglich das plötzliche Erscheinen der finsteren Gestalt und die Erinnerung an ihren starren Blick, ließ sich nicht so einfach abstreifen. Ein Schauder durchzog ihn kalt, sobald er an die vermummte Person dachte. Der Schreck saß ihm noch immer in seinen Gliedern. In der heimeligen Wohnstube seiner Tanten und ihrer liebevollen Umsorgung, verblasste die Erinnerung an die schaurige Erfahrung jedoch allmählich. Tante Margarethes Geschichten von ihrer letzten Südamerika-Reise war für den Augenblick sowieso interessanter. Fasziniert lauschte er, wie die beiden alten Damen mit einem Jeep und einem Rucksack ausgerüstet auf der Pan-Americana quer über den Kontinent gereist waren. An vielen ihrer Stationen hatten sie sich bei Einheimischen einquartiert und mit ihren Familien zusammengelebt. Lucis Spanischkenntnisse waren für die intensiven Begegnungen mit Land und Leute natürlich von Vorteil. Dabei waren sie unter anderem Zuschauer bei einem Frauenfußballspiel hoch oben in den Anden geworden, bei dem Indio-Frauen aus benachbarten Dörfern gegeneinander antraten.

„Du kannst dir nicht vorstellen, was das für eine Schau war. Die Frauen hatten keine Sport-Trikots an, sondern spielten in wunderschön bestickten Kleidern und mit geflochtenen Zöpfen. Unser Gastwirt hat uns erzählt, dass es eine der höchsten Auszeichnungen für die Frauen sei, in eine Fußballmannschaft aufgenommen zu werden, um das Dorf vertreten zu dürfen", schwärmte Luci. „Und die sahen so hübsch aus in ihren bunten Röcken. Nach dem Spiel gab es ein richtiges Fest mit einem selbstgebrauten alkoholischen Maisgetränk. Wir hatten vielleicht Kopfschmerzen am nächsten Tag..."

Louis zog die Kuscheldecke noch ein Stück höher und lauschte fasziniert den abenteuerlichen Geschichten seiner Tanten. Sie berichteten über ihre Begegnungen mit Schamanen, unwirklichen Salzwüsten, dem Genuss von Kokablättern, Regenwaldexpeditionen voller exotischer Pflanzen und wilder Tiere, sowie von den Lebenslinien ihrer Gastfamilien. Louis beneidete die alten Damen, die so viel mehr erlebten als er. Sie berichteten so lebendig von ihren Erfahrungen, dass es ihm vorkam, als würde er den fremden Kontinent aus seinem Ohrensessel heraus buchstäblich mitbereisen. Es fehlte lediglich noch ein Eimer Popcorn im Arm. Erst als sie von ihren Erfahrungen mit Meerschweinfleisch berichteten, verzog er angewidert das Gesicht.

„Ach, tu nicht so! Erst probieren, dann meckern. Es ist eine absolute Delikatesse bei den Peruanern und schmeckt eigentlich nicht viel anders als Hühnchen!", konterte seine Tante.

„Ihr wisst doch, dass ich schon seit Jahren Vegetarier bin", brüstete er sich. „Die Vorstellung Meerschwein zu essen ist einfach widerlich, Tante Margarethe!" Es gab durchaus Erfahrungen, auf die er gerne verzichtete. „Und was habt ihr in dieser Zeit mit eurem Hof gemacht? Wer hat sich denn um all die Tiere gekümmert?", fragte er und wechselte endlich das Thema.

„Na die versorgen sich doch so gut wie selbst. So schnell wie das Gras da draußen wächst, können die gar nicht fressen. Hin und wieder hatte Pascal nach dem rechten gesehen. Sein Vater ist der Besitzer des angrenzenden Pferdehofs, gleich fünfhundert Meter weiter die Straße hinunter. Ein ganz lieber Junge. Er arbeitet im *Kaffeehaus* und hilft dort im Service. Wir stellen ihn dir gerne mal vor." Maggie lächelte liebevoll.

„Als Dankeschön haben wir ihm Pico mitgebracht. Ein uralter Esel aus Patagonien, für den die Gauchos keine Verwendung mehr hatten. Das alte Tier hatte sich während unseres Aufenthaltes auf der Ranch jedoch so sehr mit Maggie angefreundet, dass sie Pico unmöglich seinem Schicksal überlassen konnte. Du kennst ja ihr weiches Herz... Na ja, und was soll ich sagen: Irgendwie hat sie es geschafft die Einreisegenehmigung für Pico zu bekommen. Und nun steht er draußen auf der Weide und hat schon mehr Monate abgerissen, als man ihm vorausgesagt hatte."

„Ihr seid wirklich ein paar verrückte Hühner!" Louis lachte laut auf und malte sich in lebhaften Bildern aus, wie seine beiden Tanten mit einem Esel im Handgepäck quer über den Atlantik geflogen waren.

*

Die Nacht bedeckte das alte Bauernhaus mit frostiger Dunkelheit. Nordwinde rüttelten gleichermaßen
an Dachgiebel und Fensterläden. Finstere Schatten
wogen schemenhaft zum Windspiel. Louis gähnte
herzhaft und reckte die Arme weit von sich.
„Das gibt's doch nicht. So ein junger Kerl und schon
müde?!? Bist du wirklich schon so alt, Herzchen?"
Luci musterte ihn skeptisch.
„Ich bin dieses Jahr fünfundzwanzig geworden, Tante
Luci!" Louis nannte beide Damen *Tante*, obwohl er
genau genommen nur mit Margarethe verwandt war.
„Fünfundzwanzig?!?", wiederholte Luci energisch.
„Das ist ja nicht zu fassen! Wann haben wir uns denn
das letzte Mal gesehen? Ist das denn schon so lange
her?!"
Louis nickte. Es mussten tatsächlich schon einige Jahre vergangen sein. Während seiner Kindheit hatte er
sämtliche Schulferien bei ihnen auf dem Hof verbracht. Bei seinen Tanten war es immer sehr
abenteuerlich gewesen. Häufig durfte er einen Schul-
kameraden mitnehmen. Sie hatten Baumhäuser
gebaut, die alte Scheune nach Schätzen durchsucht,
hatten bei der Arbeit mit dem Vieh geholfen oder die
Landschaft mit den Fahrrädern erkundet. Es gab immer etwas Spannendes zu erleben. Abends hatten sie
an der offenen Feuerstelle gegrillt und in den Som-
merferien vor der Kuhweide gezeltet. Selbst die

Mitschüler, die ihre Fernreisen in Luxushotels verbracht hatten, waren nach den Ferien immer ganz gebannt an seinen Lippen gehangen, wenn er von seinen Abenteuern auf dem Bauernhof erzählte.

Das Knistern des Feuers und die warme Kuscheldecke wogen ihn in einen Dämmerzustand. Seine Augen waren bleiern schwer geworden und fielen ihm hin und wieder schläfrig zu.

„Du meine Güte, du hast ja schon ganz kleine Augen. Komm, ich bring dich in die Schlafstube."

„Tja Maggie, ich glaube das letzte Schinkenbrot, das du ihm aufgedrückt hast, war einfach zu viel..." Luci lachte von dem alten Knubbelsofa rüber. Tatsächlich hatten die Tanten vehement darauf bestanden, dass Louis ihren selbstgeräucherten Hofschinken probierte. Und nachdem der erste Bissen getan war, konnte er sich nicht mehr stoppen und vernichtete gleich vier Schinkenbrote mit Essiggurken und Petersilie. So viel zum Thema konsequenter Vegetarier.

Tante Margarethe begleitete ihn zu der Schlafstube im hinteren Teil des Erdgeschosses. Die Ausstattung war rudimentär und das Zimmer kühl.

„Falls es dir zu kalt ist, kannst du den Holzofen anfeuern. Scheite und Zündhölzer findest du in der Truhe."

„Danke, Tantchen. Ich komme zurecht. Gute Nacht!"

Louis zündete die beiden Nachttischlampen links und rechts neben dem Bett an. Rufus sprang mit einem Satz auf die dicke Daunenbettwäsche und sank langsam darauf ein. Er hatte sich zu einer Schneckennudel zusammengerollt und die Schnauze auf seine Hinterläufe abgelegt. In der Schlafkammer war es klamm und selbst Tante Margarethes selbstgehäkelte Ringelsocken, mochten ihn nicht erwärmen. Louis beschloss den Holzofen anzufeuern. Bei dieser Kälte würde er kein Auge zu machen können. Nachdem das Feuer in dem kleinen Ofen geschürt war, wurde es bald behaglich warm in dem kleinen Raum. Er zog seinen Baumwollpyjama über und putzte sich an dem Waschbecken im Zimmer die Zähne. Während er herzhaft in sein Spiegelbild gähnte, fiel ihm etwas Seltsames auf. Hatte sich eben etwas vor seinem Fenster bewegt? Neugierig näherte er sich ihm, doch der helle Schein der Nachttischlampen spiegelte nur sein eigenes Bild darin. Mit den Handflächen schirmte er seine Augen von ihrem Licht ab und spähte durch die trüben Glasscheiben hindurch. Ein kreideweißes Gesicht, eingehüllt in einen schwarzen Umhang, starrte ihn aus der Dunkelheit an. Er sprang schreiend zum Bett zurück. Rufus war nun erwacht und knurrte bedrohlich. Louis knipste umgehend die Lampen aus. Die Dunkelheit im Raum machte es ihm nun viel leichter zu erkennen, was draußen geschah. Er konnte deutlich die knöchernen Äste der Birnenbäume erspähen, die ein paar Meter entfernt, alt und schwer, auf der Weide hinter dem Haus standen. Von dem nächtlichen Gast war nichts mehr zu sehen, doch das war keineswegs beruhigend. Louis näherte sich der trüben

Glasscheibe, doch draußen erkannte er nur einsame Finsternis. Er hatte den Besucher nur einen kurzen Augenblick gesehen, doch er vermutete, dass es sich um die gleiche Person handelte, die ihm kurz zuvor auf der Landstraße begegnet war. Der schwarze Mantel sprach dafür. Er fühlte sich nun bedroht und überlegte, ob er seine Tanten wecken oder die Polizei rufen solle. Doch was hätte er ihnen zu berichten? Dennoch ängstigte ihn die seltsame Begegnung. Gerne hätte er die Fensterläden schützend geschlossen, doch zu seinem Erschrecken ließen diese sich lediglich verschließen, indem er sich weit hinauslehnte, um ihre Verankerungen links und rechts zu lösen. In solch einer ungünstigen Position bot er leichte Angriffsmöglichkeiten. Dennoch hatte er das dringende Bedürfnis, sich vor den ungebetenen Blicken zu schützen. Ihm blieb nur eine letzte Option, die ihm die Nackenhaare aufrichtete: Er würde die düstere Gestalt von Angesicht zu Angesicht stellen. Er war wahrlich nicht mit heldenhaftem Mut gesegnet und tatsächlich der Hasenfuß, für den Tante Luci ihn hielt, doch er musste sichergehen, dass sich niemand Zutritt zu seinem Zimmer verschaffte, während er schlief.

„Rufus, ich benötige deine Hilfe, mein Freund." Sofort wedelte der quirlige Jack-Russel ganz aufgeregt mit dem Hinterteil. „Wir gehen noch einmal in die Nacht hinaus…"

Heimlich schlichen sie durch die dunklen Gänge des Hauses. Man konnte kaum die Hand vor Augen sehen.

Der Boden knarzte und ächzte bei jedem Schritt. Als er am Schlafzimmer seiner Tanten vorbeilief, hielt er einen Moment inne und lauschte. Ein leises Schnarchen drang durch die Schlafstubentür. Sein Aufschrei hatte die alten Damen offensichtlich nicht geweckt. „Weiter geht's!" Er richtete den Befehl eher an sich als an Rufus und schon setzte mit dem nächsten Schritt das bedrohliche Ächzen des Dielenbodens wieder ein. Auf leisen Sohlen schlich er in den kleinen Vorraum an der Eingangstür, wo er sich aus einem Pulk Schuhen und Gummistiefeln seine Sneakers heraussuchte. Ausgerechnet jetzt warnte sein Smartphone, mit dessen Taschenlampe er sich den Weg durch das schummrige Haus gebahnt hatte, dass es in den Stromsparmodi überging. *Dieser verdammte Akku!* Er würde sich mit Licht viel wohler fühlen, also musste er sich beeilen. Er überlegte, ob er besser etwas zur Verteidigung mitnehmen sollte, doch bis auf Maggies Pumps mochte ihm kein Gegenstand zweckdienlich erscheinen. Während er sich physisch und gedanklich auf eine unangenehme Konfrontation vorbereitete, entging ihm das starre Augenpaar, das ihn durch die gläserne Luke der Eingangstür fixierte. Und während er im Halbdunkel mehrfach abwägte, ob es moralisch vertretbar war die heißgeliebte, antike Bonboniere seiner Tanten als Verteidigungswerkzeug zu verwenden, schenkte er leider auch Rufus keine Beachtung, der den heimlichen Zuschauer bemerkt hatte und warnend knurrte. Nur allmählich verschmolz die

Gestalt wieder mit der Dunkelheit.

Sobald Louis sich endlich vollends präpariert hatte, er hatte sich zur Verteidigung für einen von Lucis Walking-Stöcken entschieden, trat er mutig in die herbstliche Nacht hinaus. Ein kühler Wind pfiff um das alte Gehöft und zerrte an den umliegenden Bäumen. Buschgezweig bog sich und raschelte. Die Straßenlaternen, am Ende der langen Hofeinfahrt, schaukelten unruhig in den Böen. Louis fröstelte, als er die ersten vagen Schritte zur Rückseite des Hauses beging, wo sich der nächtliche Besucher vermutlich noch immer in der Nähe seines Zimmers herumtrieb. Hartnäckig kämpfte er gegen seine Angst vor der Begegnung mit ihm. War es tatsächlich ratsam, die Konfrontation zu suchen? Womöglich war der Fremde gefährlich, ein Verrückter, der keinerlei Skrupel hatte, ihm Schaden zuzufügen. In der Ferne schrie ein Waldkauz gellend auf. Der schrille Ton schoss Louis eisig durch die Glieder. „Bleib schön an meiner Seite, Rufus!"

Vor der letzten Biegung hielt er inne und atmete ein letztes Mal tief durch. Dann sprang er mit einem gewagten Satz um die Ecke, so wie er es schon hunderte Male in seinen geliebten Action-Serien gesehen hatte. Die Wiese vor seinem Fenster war menschenleer. Auch Rufus schlug nicht an, stattdessen schnüffelte er neugierig den Boden ab. Louis wünschte seine Anspannung würde mit dem Nachtwind verfliegen, doch die einsame Stille lieferte nur trügerische Entwarnung.

Schnell schloss er die beiden Fensterläden und war um den zusätzlichen Sichtschutz froh, den er sich für die Nacht geschaffen hatte. Womöglich hatte der Mann ausspioniert, ob sich ein Einbruch lohnte, versuchte Louis logisch zu schlussfolgern, doch auf dem alten Hof gab es bestimmt nichts von großem Wert. Ein gebrechlicher Esel und Schinkenbrote, keine nennenswerten Gründe für einen Raubüberfall. Wenn er Tante Luci davon erzählte, würde sie sicherlich schallend hinaus lachen. *Wahrscheinlich war es nur ein Bauer aus den umliegenden Höfen, der eine Abkürzung genommen hat oder so volltrunken war, dass er sich erst mal vergewissern musste, ob er überhaupt vor dem richtigen Haus steht,* würde sie sagen und sich gleich darauf über seine Furcht amüsieren. Belustigt von seiner eigenen Parodie war er schon dabei den Rückweg anzutreten, als er bemerkte, dass Rufus seine Nase aufgeregt in etwas vergrub.

„Komm schon, lass das sein." Louis zog energisch an der Leine, aber der kleine Hund stemmte sich stur dagegen. Direkt vor dem Fenster war ein kleiner Karton abgelegt worden, der lediglich mit einer roten Schleife zusammengebunden war, in dem ein kleiner Kräuterstrauß steckte. Vorsichtig zog er an dem roten Band, öffnete die Schlaufe und schlug die Klappen des Kartons zur Seite. Gebannt starrte er ins Innere des Päckchens, dass noch mehr Kräuter, Louis meinte hauptsächlich Salbei zu erkennen, zum Vorschein brachte. Weshalb legte man ihm einen Karton voll

Küchenkräuter vors Fenster? Vorsichtig stocherte er mit dem Walkingstock in dem krautigen Inhalt, bis das getrocknete Gezweig endlich beiseite fiel. Allmählich reckte sich ein schwarzer Flügel empor. Louis hatte eine böse Vorahnung und je mehr er seinen makabren Fund von den Kräutern befreite, desto mehr bestätigte sich sein Verdacht. Und schließlich erkannte er den verdrehten Kopf einer Krähe, deren tote Augen ihn unerbittlich anstarrten. Angewidert trat er das morbide Geschenk mit aller Kraft von sich weg. Es purzelte in den Wassergraben vor der Kuhweide. Rufus zog sofort an der Leine, um hinterher zu rennen. Louis war eiskalt erstarrt. Er war sicher, dass der Überbringer des Päckchens ihn in jenem Moment genau beobachtete und seine Reaktion verfolgte. Tausend Augen lauerten hinter den dunklen Büschen und erfreuten sich an der Panik, die ihn nun ergriff. Endlich schaffte er es, seine zu Stein erstarrten Beine in Bewegung zu bringen und rannte zurück zum Hauseingang, bevor sich der Fremde auf ihn stürzen konnte. Der Adrenalinschub ließ ihn atemlos, aber binnen weniger Sekunden das sichere Ziel erreichen. Zitternd verriegelte er die Tür hinter sich und stürmte zurück in seine Schlafstube, wo er sich unter der Bettdecke verstecken wollte. Doch als er in sein Zimmer eintrat, erstarrte er aufs Neue: die Fensterläden waren wieder geöffnet worden...

*

Louis rührte nachdenklich und völlig zerknirscht in einem überdimensional großen Pott Cappuccino herum. Seine Tanten hatten ihn ins *Kaffeehaus* ausgeführt, um ihn auf ein Stück Sanddorntorte und einen ausländischen Kaffee einzuladen. Der Tag war außergewöhnlich dunkel, obwohl es erst früher Nachmittag war. Schwarze Wolkendecken zogen über das flache Nordland und kündigten ein Unwetter an. Tante Maggie und Tante Luci schwärmten über den barocken Charme des Interieurs, doch Louis fand kaum Anerkennung für die restaurierten Antiquitäten und das royal anmutende Ambiente. Ihm standen dafür keinerlei Ressourcen zur Verfügung. Er hatte in der letzten Nacht kaum Schlaf gefunden. Bibbernd war er über Stunden wachgelegen, hatte die Bettdecke bis unter die Nase hochgezogen und durch die Dunkelheit auf das Fenster gestarrt, in sicherer Erwartung, erneut aufgesucht zu werden. Die Angst hatte ihn wachgehalten. Die makabre Ablage vor seinem Schlafzimmer wirkte wie eine Drohung, die ganz bewusst an ihn adressiert worden war. Louis war sicher, derjenige, der den Zusammenstoß der Krähe mit seinem Wagen beobachtet hatte, hatte das tote Tier nur wenige Stunden später vor sein Fenster platziert. Der mit Kräutern und Schleifen geschmückte Kadaver wirkte beinahe wie ein bedrohliches Geschenk. Dabei hatte er das Tier doch nicht absichtlich angefahren. Er bedauerte vielmehr, dass es zu dem Unfall gekommen war. Doch offenbar zog der Fremde ihn exakt dafür zur Rechenschaft. *Ein beinahe wahnsinniges Verhalten*, stellte Louis beklommen fest.

„Ich glaube der Zucker ist nun untergerührt, Liebchen. Wenn du so weiter machst, gräbst du dir ja noch ein Loch in die Tasse." Margarethes faltige Hand drückte die seine warmherzig. Louis schrak aus seinen Grübeleien.

„Du bist nicht bei der Sache, hm?! Wo bist du denn mit deinen Gedanken? Bei Milan?"

„Ja, bei Milan", log er. Eine bessere Ausrede fiel ihm spontan nicht ein. Er war daher dankbar für die Vorlage, die ihm seine Tante gegeben hatte.

„Hör mal, Herzelein: Milan war ja ein hübsches Kerlchen, aber so wie er dich verlassen hat… Also das gehört sich keineswegs. Wer so kalt handelt, der ist deiner nicht würdig. Da gibt es doch sicherlich viele nettere Jungs, die es kennenzulernen lohnt. Du musst nur mal die Augen aufmachen, hm!?!" Tante Maggie zuckte verheißungsvoll mit den Augenbrauen und deutete mit einem vielsagenden Blick in Richtung Kuchentheke. Der junge Kellner war gerade damit beschäftigt drei Teller voll Sanddorntorte auf seinen Unterarmen zu drapieren.

„Ein ganz lieber Junge! Soll ich euch mal bekannt machen…" Und ohne seine Antwort abzuwarten, winkte sie den jungen Mann charmant zu sich hinüber.

„Ja doch, ich weiß schon, Maggie, die Tortenstückchen sind für euch!" Der Angestellte lachte süß und mit glänzend weißen Zähnen. „Ich hätte sie schon niemand anderem gegeben..." Er strahlte fröhlich in die Runde. *Ein wunderschönes Lächeln*, dachte Louis erstaunt. Warum ihm das vorher gar nicht aufgefallen war?

„Das ist unser Neffe, Louis. Er besucht uns für ein paar Tage. Louis, das ist Pascal."

Nachdem er den Kuchen an die Gäste verteilt hatte, umarmte ihn der junge Mann, der etwa in Louis´ Alter war, freundlich zur Begrüßung.

„Schön dich kennen zu lernen. Deine Tanten haben mir schon viel von dir vorgeschwärmt."

Louis lächelte verlegen. Das plötzliche Kennenlernen mit dem bildhübschen Pascal hatte ihn völlig überrumpelt. Der groß gewachsene, stattliche Kellner mit der Wuschelfrisur, betrachtete ihn neugierig aus rehbraunen Augen und ging mit einem charmanten, absolut gewinnenden Lächeln sofort in die Offensive.

„Hallo", antwortete Louis hingegen nur schüchtern und lächelte verkniffen. Mehr brachte er als Antwort nicht zustande. Auf einmal bereute er, dass er heute so zerknittert aussah. Pascal zog sich unterdessen einen Stuhl heran und erkundigte sich gleich nach dem Wohlbefinden der Tanten und nach Pico, dem Esel.

„Schau doch mal wieder bei uns vorbei. Du könntest doch unserem jungen Besuch ein bisschen die Gegend zeigen..."

Auf Kommando setzte Louis abermals zu einem Lächeln an, dessen Natürlichkeit jedoch stark zu wünschen übrigließ. Schamesröte färbte nun seine Wangen.

„Kannst du reiten?" Pascal ging gleich auf das Angebot der Damen ein. „Uns gehört der Pferdehof, ganz in eurer Nähe. Wenn du willst, können wir einen Ausritt zum Strand machen. Morgen habe ich frei. Ich hol dich dann am frühen Mittag ab."

„Ähm, ja klar... also... gerne!", stimmte er stockend zu. Ihm wäre so kurzfristig sowieso keine Ausrede eingefallen. Außerdem übte die sorglos offene Art, mit der der junge Kellner ihm begegnete, einen seltsam aufregenden Reiz aus. Genau diese Leichtigkeit vermisste Louis derzeit bei sich selbst. Er hatte das Gefühl, dass ihm in den letzten Monaten sämtliche Vitalität entglitten war und er seine Tage einzig damit verbrachte, nicht an Milan zu denken und ihn auch bitte nicht zu vermissen. Obwohl er bei seinen allabendlichen Aperol-Gelagen im Café immer nach hübschen Typen Ausschau hielt, war er im Herzen verschlossen für neue Kontakte geblieben. Kein Wunder, dass Pascals überraschend offenherzige Art ihn gleich berührte.

"Perfekt!" Pascal freute sich über die Zusage. Auch die beiden Tanten sahen zufrieden drein. Louis bemerkte, dass sie einen kurzen Moment vielsagende Blicke miteinander austauschten. Er bekam das bestimmte Gefühl, dass ihre Einladung ins *Kaffeehaus* mehr als nur eine nette Geste gewesen war. Der

Nachmittag schien jedenfalls ganz nach Tantchens Plänen zu verlaufen...

„Habt ihr schon gehört? Die Polizei war vorhin hier. In Heinrichs Haus wurde eingebrochen. Jemand hat das gesamte Haus auf den Kopf gestellt. Die Kommissare suchen nun nach Zeugen, die etwas Verdächtiges gesehen haben könnten", berichtete Pascal den neuesten Dorftratsch.

„Das darf doch nicht wahr sein. Der arme Mann wird seit Tagen vermisst. Womöglich ist ihm sogar etwas zugestoßen oder er benötigt dringend Hilfe. Und stattdessen bereichern sich diese Rabauken an seinen Besitztümern...?!?" Tante Margarethe schüttelte fassungslos den Kopf.

„Nun ja, nicht ganz. Wertgegenstände wurden nämlich keine gestohlen", berichtigte Pascal. „Seltsam, oder?!"

„Aber irgendjemand scheint dort nach etwas gesucht zu haben", warf Louis scharfsinnig ein. Das Interesse an Heinrichs ominösen Verschwinden vertrieb seine teenagerhafte Schüchternheit schlagartig.

„Sieht ganz danach aus! Die Polizei glaubt offenbar nicht mehr, dass Heinrich noch lebt. Es gibt zwar nach wie vor keinen Beweis dafür, doch das abschiedslose Verschwinden ist so ungewöhnlich, dass sie mutmaßen, er sei die Klippen hinabgestürzt oder die Flut habe ihn bei einer seiner Wanderungen durchs Watt überrascht."

„Nein, wie fürchterlich!" Tante Margarethe warf die

Hände vors Gesicht.

„Also, dass die Flut ihn überrascht hat, halte ich für unwahrscheinlich!", bezweifelte Louis. „Überlegt doch mal. Heinrich war der Leuchtturmwärter. Wenn sich einer mit den Gezeiten auskannte, dann wohl er. Ebbe und Flut gehörten ja schließlich zu seinem Beruf. Der Grund für sein Verschwinden muss woanders liegen."

„Es war die Hexe!"

Eine verhärmt wirkende Frau mischte sich in das Gespräch ein. Louis erkannte eine ältere Dame, mit kräftiger Statur, die ihre Unterhaltung offenbar verfolgt hatte.

„Ach Regina, jetzt hör doch mal auf mit deinen Hexengeschichten. Es gibt keine Hexen. Und schon gar nicht bei uns in Nordstrand. Was sollten sie denn auch hier? Niemand kommt freiwillig hier her...?!", konterte Luci energisch.

„Außer wir!", flüsterte Tante Maggie ihrer Freundin beschwichtigend zu und hielt dabei sanft ihre Hand.

„Es gibt Hexen! Und die übelste aller Hexen wohnt hier um die Ecke und verbreitet Böses! Ich habe es mit eigenen Augen gesehen!", raunte die Alte mit ernstem Ton und riss dabei ihre bleichen Augen auf.

„Bei allem Respekt, Regina. Lass los von deiner Vorstellung, Hexen brächten Unglück über Nordstrand. Du verrennst dich in etwas und noch dazu machst du die ganze Gemeinde verrückt. Glaub mir, Regina, Hexen gibt es nur im Märchen!"

„Aber SIE ist eine HEXE! Sie ist eine!!!" Und ihre Finger deuteten über die Auslade im Schaufenster hinweg in Richtung Wald. „Eine Schande, dass ihr eure Augen vor der Wahrheit verschließt! Müssen noch mehr Leute verschwinden? Was muss noch geschehen, dass ihr endlich begreift, dass hier dunkle Mächte am Werk sind?! Wie könnt ihr nur so blind sein...?!" Schäumende Wut kam in der alten Frau auf und sie bebte so heftig, dass sie sich sogar von ihrem Platz erhob. Ein paar der wenigen Gäste im Café hatten ihr murmelnd zugestimmt, doch ansonsten wurde es still. Niemand wagte auch nur einen Mucks. Auch Louis fühlte sich überwältigt von der Welle an Aggressivität, mit der die Frau sie ohne Vorwarnung konfrontierte. „Aber wartet nur ab. Irgendwann wird sie auch euch aufsuchen und dann sehen wir, ob ihr dann immer noch behauptet, es gäbe keine Hexen..." Sie hob bedrohlich den Finger. Louis stockte der Atem, ob des überzeugenden Fanatismus der Alten. Totenstille.

Der Geräuschpegel in dem beschaulichen Café stieg erst wieder an, nachdem die Frau bezahlt und das *Kaffeehaus* verlassen hatte. Da die dunkle Wolkendecke mittlerweile alles an Regen ausschüttete was sie auf ihrem Weg über den Atlantik und die Nordsee an Wasser aufgesammelt hatte, entschieden sich Louis und seine Tanten dazu noch ein weiteres Stück Torte zu genießen.
„Was war das denn bitte gewesen?" Louis war aufge-

wühlt. „Gibt´s hier tatsächlich so etwas wie Hexen?"
Reginas Warnung, dass die Hexe auch eines Tages den
Hof seiner Tanten aufsuchen würde, hatte in ihm ein
gewisses Unbehagen ausgelöst. Noch einen nächtlichen Besuch mochte er wirklich nicht ertragen.

„Iwo", winkte Maggie ab. „Aber bei uns in den kleinen Gemeinden halten sich solche Gerüchte um
Hexen und Geister extrem gut."

„Besonders, wenn es noch dazu Leute wie Regina
gibt, die das Feuer um den Mythos schüren", warf Luci etwas verärgert ein. „Ich gebe zu, Wolfrun lebt
etwas zurückgezogen und ja, sie mag merkwürdig erscheinen. Aber deswegen ist sie noch lange keine
Hexe."

„Wolfrun?", fragte Louis irritiert. „Das klingt aber
schon nach einem Hexennamen", schauerte er befangen.

„Wolfrun ist eine Schäferin", erklärte Maggie mit betont sachlicher Stimme. „Sie lebt seit mehreren Jahren
ganz allein auf ihrem Hof, auf einer Waldlichtung in
der ehemaligen Försterei - keine halbe Stunde Fußweg
von hier entfernt. Sie spricht nicht und sucht auch
keinen Kontakt zu den Menschen. Es gibt für sie nur
die Tiere und den Wald. Mir ist sie etwas unheimlich,
aber ich kenne sie ja kaum. Ich glaube niemand hier
kennt sie richtig."

„Und es möchte sie auch niemand kennenlernen. Sie
ist für alle hier im Dorf als die Hexe verschrien. Nur
weil sie anders ist und sich keiner die Mühe macht

hinter ihre stille Fassade zu blicken", unterbrach Luci barsch ihre Freundin. „Mich macht das richtig wütend! Als wir hierhergezogen sind, wurden wir auch argwöhnisch beäugt. Jeder, der ein bisschen aus der Norm fällt, wird hier gleich zu einer Spukgestalt deformiert. Das ist doch ein riesiger Scheißhaufen!", schimpfte sie energisch.

Auf einmal mussten sie alle lachen.

*

Am frühen Mittag kam Pascal, wie versprochen, zum Hof der alten Damen, um Louis zu einem Ausritt auszuführen. Es war ein windiger Tag, wie nahezu alle Tage in Nordstrand, aber es war keine Wolke am Himmel zu sehen. Die Sonnenstrahlen kämpften sich wacker durch den kühlen Nordwind und erwärmten die Luft auf angenehme Temperaturen. Louis und Rufus standen gerade bei dem alten Esel am Gatter, als Hufschläge auf Pflastersteinen die idyllische Stille durchbrachen und Pascal zur Einfahrt hereinritt. Er thronte auf einem dunkelbraunen Pferd mit schwarzem Schweif und sah stolz und anmutig aus. An einer blauen Leine führte er eine etwas kleinere Haflinger-Stute, die genügsam hinter ihm her trottete.

„Wie schaut's aus, Stadtmensch?!" Pascal lächelte frech. „Bereit für unseren Ausritt?" Louis lächelte zurück. Allerdings wurden seine Knie beim Anblick der großen Vierbeiner etwas weicher. Hoffentlich wurde er jetzt nicht so blass, wie er sich fühlte.

„Du kannst doch reiten?!?"

„Äh, jep." Louis versuchte selbstsicherer zu klingen als er tatsächlich war. Natürlich war er schon oft auf den alten Kleppern gesessen, die seine Tanten früher besessen hatten, und hatte sich gemütlich über die Weiden um ihren Hof tragen lassen, doch eine wirklich gute Figur hatte er darauf wohl nie abgegeben. In der Regel ignorierten die Tiere seine Befehle und reagierten mit purer Gelassenheit auf seine kläglichen Durchsetzungsversuche. Schließlich hatte Louis es gänzlich aufgegeben, sich mit den sturen Gäulen zu messen. Pferde waren eben keine Hunde. Er befürchtete, dass er sich heute ganz schön blamieren würde.

Überraschenderweise lief der Ausritt besser als gedacht. Die gemütliche Haflinger-Stute benötigte keinerlei Anweisungen von Louis. Sie trottete stoisch dem großen Braunen hinterher. Nicht mal bei den saftigen Grasbüscheln am Wegesrand machte sie Halt. Lediglich wenn Pascal die Hand hob und mit einem *brrr* zum Stehen kam, ging der Kopf der Haflingerin nach unten. Mit ihren weichen Nüstern zupfte sie genüsslich den saftigen Klee ab, der üppig am Wegesrand wuchs, und schmatze laut vor sich hin.
Der Ausritt mit Pascal war herrlich. Zunächst waren sie an den Tierweiden vorbei, über die weite Graslandschaft und um die Höfe von Nordstrand geritten. Rufus hatte sich vor Freude über die saftigen Wiesen fast überschlagen und rannte ausgelassen im Schweinsgalopp nebenher. Immer wieder schlug er Haken, drehte plötzliche Runden im Kreis und schien überglücklich dabei zu sein.
„Dein Hund sieht wohl nicht so viel Natur, hm?!", neckte Pascal, der auf dem Pferderücken unverschämt gut aussah.
„Na ja, so viel unberührte Natur ist er tatsächlich nicht gewohnt. Er ist eben ein richtiger Stadthund! An

Neckar und Rhein gibt es recht schöne Auen, auf denen er frei herumtollen kann, aber das kannst du wohl kaum mit hier vergleichen." Louis machte eine ausladende Handbewegung und hätte dabei fast das Gleichgewicht auf dem Pferd verloren.

„Vielleicht solltest du öfter zu uns hochkommen. Rufus wäre nicht der Einzige, der sich darüber freuen würde." Pascal lächelte ihm smart zu. Louis wurde sofort verlegen. Flirtete der hübsche Reiterbursche etwa mit ihm oder war die Anspielung auf seine Tanten gerichtet, die sich grundsätzlich wünschten, er möge sie doch öfter besuchen. In den letzten Jahren war er immer weniger nach Nordstrand hochgekommen, obwohl er eine ganz besondere Beziehung zu den liebevollen Damen hatte. Doch Mannheim gab immer einen Grund, warum es gerade nicht passte. Die quirlige Quadratestadt bot mit all ihren angesagten Restaurants und Imbissen aus aller Welt, den zahlreichen Kultkneipen in den abwechslungsreichen Kiezen, der großen Kultur- und Musikszene, und einer stolzen queeren Community, mehr Reize als Nordstrand ihm in Aussicht stellte. Die Einladungen seiner Tanten hatte er daher immer wieder verschoben, lag doch das nächste Fest der Stadt nicht fern.

„Dafür kennt Rufus die besten Bars und die coolsten Partys der Stadt", neckte er lahm zurück. Schon die Tatsache, dass er bei seiner Beschreibung der Vorzüge von Mannheim das Wort *cool* benutzt hatte, zeugte davon wie *uncool* er ganz offensichtlich war. Er ärger-

te sich auf dem Fuße, dass er so schlecht zurück ge-
flirtet hatte. Obendrein bezweifelte er mittlerweile,
dass er das Stadtleben tatsächlich so *cool* fand, wie er
behauptet hatte. Zuletzt hatte er die verdammte Kurz-
weiligkeit seiner Stadt völlig sattgehabt. Er war müde
geworden, dem ständigen Wechsel des Zeitgeists zu
folgen, den der urbane Lifestyle mit sich brachte. Die
mentalen Einbußen, die er nach der Trennung von Milan erlebt hatte, hatten ihn träge und phlegmatisch
gemacht. Die Stadt hatte ihn abgehängt, die Hippster
waren weitergezogen. Ein fahler Geschmack der Enttäuschung war geblieben.

„Na, dann sollte ich vielleicht bald mal Mannheim besuchen und Rufus zeigt mir die besten Spots?!" Pascal
grinste noch frecher. Ok, er flirtete definitiv mit ihm.

„Klar, jederzeit!" Louis freute sich.

„Aber jetzt erst mal weiter ans Meer, Stadtmensch!"
Pascal schnalzte mit der Zunge und sofort setzte der
große Braune zum Galopp an. Auch die Haflinger-
Stute, Kira, setzte sich in Bewegung. Bei dem anfäng-
lichen Trab hatte Louis noch Probleme sich auf dem
Pferderücken zu halten. Immerhin ritten die beiden
Jungs ohne Sattel. Etwas verkrampft krallte er sich in
die dichte Mähne und suchte das Gleichgewicht. Als
Kira schließlich in den Galopp überging, hatte er je-
doch seine Sicherheit gefunden und genoss das hohe
Tempo und das Gefühl der Freiheit, mit dem er hinter
Pascal her ritt. Louis liebte den beinahe heroischen
Anblick des süßen Reiterhofjungen hoch zu Ross. Die

selbstsicheren, geschmeidigen Bewegungen, mit denen Pascal das Pferd ritt, spielten mit Louis´ Fantasie. Sein Herz hüpfte jetzt ein klein wenig höher als zuvor. Die Landschaft wurde nun ungewöhnlich hügelig für den deutschen Norden. Immer wieder galoppierten sie schmale Trampelpfade hinunter und wieder hinauf. Alte windschiefe Kiefern zierten den Wegesrand und Louis hoffte, dass die Pferde nicht über ihr dichtes Wurzelwerk stolperten. Schließlich hatten sie Nordstrands höchsten Punkt erreicht. Von hier aus hatte man eine fantastische Aussicht auf das nicht weit entfernte Meer und die flache Küste. Vor ihnen lag der alte Leuchtturm und daneben ein kleines, Reet gedecktes Haus.

„Los, runter zum Leuchtturm!" Pascal galoppierte windschnittig den Abhang hinab. Hinterher Kira. Dichte Auen zogen in saftigem Grün an ihnen vorbei und scharfer Wind peitschte ihnen mit solchem Getöse ins Gesicht, dass selbst das stetige Bellen von Rufus kaum mehr zu hören war, der ausgelassen nebenher spurtete.

„Wuuuhuuuu…" Louis glaubte seit Monaten nicht mehr so viel Leben in sich gespürt zu haben. Er machte sich erstaunlich gut auf dem Pferderücken, bis sie schließlich vor dem Leuchtturm zum Stehen kamen, der mächtig und steil in den Himmel ragte.

„Das war klasse!" Louis strahlte mit leuchtenden Augen. Er war voller Adrenalin. Sie stiegen von den Pferden und gingen ein paar Schritte nebeneinanderher. Rufus wedelte mit dem Schwanz und seine lange rosa Zunge baumelte schwerfällig aus der Schnauze. Strammer Küstenwind zerrte heftig an ihrer Kleidung. „Hier wohnte der alte Heinrich." Pascal deutete auf das kleine, windschiefe Nordhaus, das der Zeit mehr schlecht als recht standgehalten hatte. Die salzige Seeluft hatte kontinuierlich dicke Kerben in die Fassaden hineingefressen und Farbe blätterte sowohl von den Wänden als auch von den hölzernen Fensterrahmen, die trübes Glas brüchig umarmten. Allein der kleine Garten, mit dem frisch gestrichenen Zaun drum herum, war intakt.

„Wieso sprichst du in der Vergangenheitsform von Heinrich?"

„Bitte? Was meinst du?"

„Na du sagtest: hier *wohnte* der alte Heinrich."

Pascal fühlte sich sichtlich ertappt und ergänzte betroffen. „Ich rechne offen gestanden nicht mehr damit, dass Heinrich zurückkehrt. Ich glaube die Polizei behält recht." Sein Blick senkte sich beschämt.

Louis war sich da nicht so sicher. Irgendwie hatte er so eine Ahnung, dass der nächtliche Unbekannte etwas mit dem betagten Leuchtturmwärter zu tun haben könnte, womöglich sogar Heinrich selbst war. Diesen Verdacht behielt er allerdings vorerst für sich, schließlich handelte es sich bei dieser These lediglich um sein Bauchgefühl. Louis spürte beim Anblick des verlassenen Hauses eine belastende Schwere. Einsamkeit und Trauer kroch durch das alte Mauerwerk und färbte den ansonsten idyllischen Ort in düsteres Grau. Was war hier passiert? Warum hatte Heinrich sein Zuhause verlassen? Versteckte er sich womöglich in der Nähe? Louis fühlte sich beobachtet. Unauffällig sondierte er das Gelände, doch es war keine weitere Person zu erkennen.

„Wollen wir nachschauen, was die Einbrecher wirklich gesucht haben?" Pascal präsentierte stolz einen altertümlichen Schlüssel, den er gerade unter einem der Hortensiensträucher gefunden hatte.

Das ist Unrecht. Hausfriedensbruch. Unbefugtes Eindringen. Eine absolute Gesetzeswidrigkeit. All die alarmierenden Warnungen blitzen durch Louis´ Sinne, doch die Neugier überwog. Ein lautes Krachen ertönte, als Pascal den Schlüssel mit der Rundschleife einmal vollständig herumdrehte. Das Schloss sprang auf und mit einem lauten Stöhnen öffnete sich die Tür wie von Geisterhand. Die beiden Freunde tauschten noch einen letzten gemeinsamen Blick, bevor sie zögerlich eintraten.

*

Sobald Pascal die Tür hinter ihnen geschlossen hatte, wurde es totenstill in dem alten Haus. Von dem kräftigen Wind war nichts mehr zu hören. Sie hatten ihn ausgesperrt. Versteinert verharrten sie in Heinrichs Wohnstube und sahen sich eine Weile schweigend nach allen Seiten um, ehe sie die ersten vagen Schritte taten. Louis fühlte sich nun zunehmend unwohl und wagte kaum zu atmen. Er war ein grundsätzlich gesetzestreuer Mensch. Nun haderte er innerlich, sein unbefugtes Eindringen zu rechtfertigen. Wie waren ihre Absichten zu erklären, falls man sie erwischte? Womöglich lebte Heinrich noch. Er kannte den Leuchtturmwärter nicht, wusste nicht einzuordnen, ob dieser von friedlicher oder gewalttätiger Natur war. Ganz offensichtlich wollte er nicht gefunden werden. Verbarg er sich deshalb womöglich in einem Versteck und lauerte ihnen auf? Louis horchte in den stillen Raum hinein, versuchte kaum wahrnehmbare Geräusche aus den verschlossenen Nebenzimmern zu interpretieren, doch konnte er keinen Hinweis erhaschen, dass sie sich nicht vollkommen allein in dem Haus befanden. Das gleichmäßige Ticken der Wanduhr begleitete sie, das Knarzen der Bodendielen verriet lediglich ihre eigenen Schritte und das Gluckern der Abwasserrohre war womöglich mit der tosenden Brandung zu erklären, die nicht unweit vom Haus hart und rau aufs Land aufschlug. Sein Magen entkrampfte allmählich, doch das Unbehagen haftete hartnäckig an ihm und kroch kalt den Rücken hinab.

„Pssst, Pascal...", flüsterte Louis. „Lass uns gehen. Ich glaube wir sollten besser nicht hier sein." Gewissensbisse und Angst trieben ihn zum Rückzug.

„Was ist los? Bist du nicht neugierig?"

„Schon, aber was, wenn man uns hier erwischt?"

„Glaubst du etwa, unsere lahme Dorfpolizei würde spontan hier aufkreuzen und uns des Einbruchs wegen verhaften?!?" Pascal lachte auf, doch konnte kaum sein Zittern darin verbergen. An die Polizei hatte Louis noch gar nicht gedacht. Bislang galt seine Befürchtung ausschließlich Heinrich, dem Louis sogar die Ablage toter Krähen zutraute. Dass auch die Beamten für Recht und Ordnung ihnen gefährlich werden konnten, schürte nun eine ganz neue Furcht in ihm. Und Pascal wurde leider nicht müde seine These auszuschmücken.

„Ich sehe die Schlagzeile in der Zeitung schon genau vor mir: *Einbruchserie gestoppt – Räuberpaar geschnappt!* Und darunter ein riesiges Bild, auf dem sie uns in Handschellen abführen." Er lächelte - jedoch mit spürbarem Unbehagen.

„Moment!" Louis war auf einmal hellwach. „Fällt dir eigentlich nichts auf?"

„Hm." Sein Begleiter runzelte ahnungslos die Stirn. „Was meinst du?"

„Schau dich doch mal um."

Pascal suchte konzentriert den Raum ab und allmählich klärte sich sein Blick.

„Ich weiß, was du meinst. Keine Schublade steht offen, kein Schrank ist durchwühlt. Alles ist ordentlich aufgeräumt. Selbst die Kissen auf dem Sofa wirken frisch aufgeschüttelt. Das sieht nicht aus, als hätte hier vor kurzem ein Einbruch stattgefunden."

„Eben, genau das meine ich. Es wirkt, als habe jemand kürzlich Ordnung geschaffen. Es steht sogar eine Vase mit frischen Schnittblumen auf der Kommode."

„Was meinst Du? Lebt Heinrich noch?"

„Ich glaube ja."

„Aber warum hat er sich bei niemandem gemeldet?"

„Ich weiß es nicht, aber es muss einen Grund geben, warum sich Heinrich versteckt."

„Glaubst du er wurde bedroht?"

„Kann schon sein", antwortete Louis und in Gedanken fügte er hinzu. *Oder er selbst bedroht andere und verschafft sich mit einem vorgetäuschten Tod ein Alibi.* Unwillkürlich musste er wieder an das Paket mit dem Tierkadaver denken. Dennoch blieb das Verschwinden des alten Leuchtturmwärters ein verworrenes Rätsel. Der alte Mann hatte keinerlei lebende Verwandte, bei denen er für eine Weile untergetaucht sein könnte und obwohl er allseits beliebt war, führte er ein einzelgängerisches Dasein. Es gab weder Hinweise auf eine Partnerin, noch sprach irgendein Indiz dafür, dass er regelmäßigen Besuch empfing. Obwohl das Haus aufgeräumt war, wirkte alles darin alt und muffig, das

Domizil eines ewigen Junggesellen. Was hier drin mochte für einen Einbruch von Bedeutung sein? Vermögend war Heinrich jedenfalls nicht gewesen. Seine verstorbenen Eltern hatten ihm lediglich das in die Jahre gekommene Haus hinterlassen.

Zögerlich machten sich die beiden Freunde ans Werk und durchforsteten Heinrichs Hausrat, an dem jedoch nichts ungewöhnlich war. Obwohl sie jede Schublade sorgsam absuchten, fanden sich keinerlei Hinweise, welche das plötzliche Verschwinden des alten Mannes erklärten.

„Ich glaube wir finden nichts", gab Pascal enttäuscht von sich. „Nach was sollen wir überhaupt suchen? Heinrich führte offensichtlich ein völlig gewöhnliches Dasein. Hast du etwas gefunden?"

„Ich weiß nicht genau. Hatte Heinrich eine Schwester?" Louis hielt einen kleinen Stapel alter Fotografien in den Händen. Keine davon war in Farbe.

„Ich denke nicht, zumindest habe ich nie von einer Schwester gehört. Wie kommst du darauf?"

Er reichte seinem Freund eines der Bilder. Es war vor Heinrichs Elternhaus aufgenommen worden und zeigte ihn als kleinen Jungen an der Hand seines Vaters. Gleich neben ihnen saß seine Mutter auf einem Stuhl, in ihren Armen hielt sie ein etwa zwei Jahre altes Mädchen mit schulterlangen blonden Locken.

„Merkwürdig." Pascal runzelte die Stirn. „Sie scheint jedenfalls nicht in Nordstrand zu leben. Sonst würde ich sie sicherlich kennen. Allerdings müsste sie heutzutage sicherlich eine betagte Rentnerin sein."

Das Mädchen war noch auf anderen Bildern abgelichtet worden, hauptsächlich Porträtaufnahmen. Doch es gab weder ein aktuelles Foto von ihr, noch fanden sie eine Aufnahme, die das Kind als erwachsene Frau abbildete. Auch von Heinrich sichteten die Jungs keinerlei aktuelle Fotos. In etwa bei den Einschulungen der Kinder verlor die Familie Holm das Interesse an Erinnerungsaufnahmen. So waren Pascal und Louis schnell mit ihren Sichtungen durch, ohne dass sie viel über den alten Leuchtturmwärter erfahren hatten.

„Die Holms machten sich wohl nicht viel daraus, ihre Erinnerungen auf Bildern festzuhalten."

„Sie waren offensichtlich keine Nostalgiker!" Louis lächelte. „Hey, aber dieses Bild ist aktueller. Es ist zwar ebenfalls nicht in Farbe aufgenommen worden, aber seine Qualität ist eine ganz andere. Fühl mal."

„Stimmt, es fühlt sich ganz anders an. Aber inwiefern ist das wichtig? Ich sehe nichts, als einen Haufen Nonnen vor einer Kirche oder einem Kloster." Pascal runzelte fragend die Stirn. „MOMENT! Meinst du etwa Heinrichs Schwester ist Nonne geworden?" Seine Augen weiteten sich. Louis fand es einfach süß, wie sein Begleiter so entzückend naiv schlussfolgerte.

„Ich weiß nicht. Ich erkenne niemanden auf dem Foto, der ihr ähnlichsieht."

Pascal betrachtete die Aufnahme nochmals genauer. „Nee, ich auch nicht! Vielleicht hat sie lediglich das Bild aufgenommen."

„Vielleicht…", überlegte Louis. „Wir sollten es mitnehmen. Ich habe das Gefühl, dass irgendetwas auf der Aufnahme von Wichtigkeit sein könnte."

„Und auch das letzte Foto von Heinrichs Schwester", ergänzte Pascal „Es ist doch sehr sonderbar, dass ich noch nie von ihr gehört habe." Er schob die beiden Fotografien in die Innentasche seiner Jacke. „Sollen wir noch weitersuchen?"

„Nein, ich glaube mehr finden wir nicht. Ich räum´ das noch schnell zurück und dann lass uns nach Hause reiten."

„Einverstanden, ich mache schon mal die Pferde startklar!"

Louis stellte die metallene Truhe, in der er die Bilder gefunden hatte, zurück in das antike Büfett und sah sich ein letztes Mal in dem verlassenen Haus um, das so seltsam bewohnt wirkte. Erneut erfasste sein Blick den kleinen Strauß Gartenblumen, der noch so ungewöhnlich frisch aussah. Selbst das Wasser in der Kristallvase machte einen klaren Eindruck. Er war sich sicher: die Blumen mussten erst kürzlich, also eindeutig nach Heinrichs Verschwinden, gepflückt und hier platziert worden sein. *Vielleicht ein Geschenk?* Überlegte Louis. Das würde auch die rote Schleife erklären, mit der der Strauß liebevoll zusammengebunden war. *Rote Schleife,* echote es in seinem Kopf. Mit entsetzten weiteten sich seine Augen. Dieselbe rote Schleife hatte er schon einmal gesehen, allerdings war das Geschenk wesentlich makabrer gewesen... *Heinrich lebt noch*, dessen war sich Louis ganz sicher.

*

Allmählich drang das aufgeregte Bellen von Rufus in sein Bewusstsein und riss Louis aus seinen Grübeleien in die Gegenwart zurück. Der kleine Hund war in Rage. Abwechselnd schlug er warnend an oder knurrte bedrohlich, ein Hinweis, dass sich jemand näherte. Es war höchste Zeit Heinrichs Haus zu verlassen, wenn sein Eindringen unbemerkt bleiben sollte. Doch als er den Türknauf drehte, stellte er überrascht fest, dass dieser sich nicht öffnen ließ. Louis rüttelte kräftig daran, drehte sowohl nach links als auch nach rechts, doch der Ausgang blieb verschlossen. Eiskaltes Grauen fuhr ihm in die Glieder. Er war eingesperrt.

„Pascal, hilf mir. Ich komme nicht raus!", rief er nach draußen. Keine Antwort.

„Hee, hörst du nicht? Die Tür lässt sich nicht öffnen und jemand nähert sich. Du musst dich beeilen. Hilf mir schnell hier raus, bevor man mich erwischt!!!" Doch abermals erfolgte keinerlei Reaktion. Mit dem beängstigenden Gefühl der Hilflosigkeit zog Louis die Vorhänge zur Seite und spähte hinaus. Sein kleiner Hund war am Gartenzaun festgebunden und stemmte sich zähnefletschend gegen die Leine. Die Pferde standen träge vor dem Garten und knabberten unbeeindruckt die saftigen Grashalme ab. Von Pascal war jedoch nichts zu sehen. Hatte er ihn aus Versehen eingeschlossen? Louis überlegte, ob er über ein Fenster fliehen oder sich ein sicheres Versteck im Haus suchen sollte, als es plötzlich laut gegen die Scheiben des Eingangs krachte. Erstarrt vor Schreck erblickte er eine blutverschmierte Hand, die das trübe Glas hinunterrutschte. Gleich darauf vernahm er das Krachen des Schlosses und das Stöhnen der aufspringenden Tür. Entsetzt starrte er zum Ausgang…

Pascal war in die Stube hineingepurzelt und zog sich nun wackelig am Türrahmen hoch. Aus einer Wunde über dem Ohr sickerte Blut. War er angeschossen worden?

„Meine Güte, Pascal, du blutest. Was ist passiert? Du brauchst einen Arzt."

„Es geht schon wieder", beschwichtigte er alsbald. „Mir brummt nur der Schädel. Ich muss wohl direkt auf den Kopf gefallen sein." Er hielt sich leicht benommen die Stirn.

„Was ist denn passiert?"

„Viel kann ich dir leider nicht dazu erklären." Er blickte beschämt drein. Seine rehbraunen Augen waren auf einmal unheimlich traurig. „Ich war kaum draußen, als mir plötzlich jemand von hinten die Finger unangenehm in die Halsbeuge drückte. Ich ging sofort zu Boden. Leider hatte ich den Angreifer nicht gesehen. Mann, ich muss echt ziemlich aufgeschlagen sein!" Er fühlte nach seiner Wunde.

„Der Angreifer hat dich bewusstlos gemacht, indem er dir die Hauptschlagader zugedrückt hat. Es dauert nicht lange, bis dann sämtliche Lichter ausgehen. Du hattest keine Chance." Louis versuchte die Beschämung seines Gefährten abzumildern. Pascal war die Situation sichtlich peinlich, dabei hätte er den hinterhältigen Angriff in keiner Weise abwehren können. Die Tat war präzise und effizient ausgeführt worden. Alles wirkte sehr durchdacht, wenngleich auch risikoreich. *Der Täter musste sich seiner absolut sicher und überlegen gefühlt haben*, schlussfolgerte Louis. Er nahm deutlich die soziopathischen Anklänge des Unbekannten wahr, die er auch bereits bei dem nächtlichen Besuch vor seinem Fenster verspürt hatte. Das risikoreiche Verhalten konnte ihnen nun zum Vorteil werden, denn der Täter konnte nicht weit geflohen sein. Seit Pascal Heinrichs Haus verlassen hatte, war nicht viel Zeit verstrichen. Wenn sie nur genau überlegten, welchen Fluchtweg der Angreifer gewählt hatte, würden sie ihn womöglich noch stellen können. Immerhin hatten sie die Pferde zur Hilfe. Heinrichs Anwesen war von saftigen Wiesen umgeben, die weit überschaubar waren und daher kaum die Möglichkeit boten, ungesehen zu entkommen. Wäre der Unbekannte auf dem Landweg geflohen, hätten sie ihn sicherlich erblickt. Der Täter musste den Weg zum Strand genommen haben, obwohl dieser eine Sackgasse war.

„Es sei denn...", überlegte Louis laut „Er hätte dort ein Boot versteckt..."

„Was meinst du?" Pascal konnte ihm nicht folgen.

„Wir müssen zum Strand hinunter! Es ist die einzige

Möglichkeit ungesehen zu entkommen. Kannst du schon wieder reiten?"

„Na klar! Besser als Laufen. Ich bin auf dem Rücken der Pferde aufgewachsen. Kein Problem, glaub mir." Und schon sprangen die Jungs auf die Gäule und galoppierten davon, Rufus vorneweg. Der Weg führte über einen schmalen Trampelpfad an den kilometerlangen Sandstrand der Küste. Der Wind pfiff hier unten noch heftiger und bog langes Dünengras streng Landeinwärts. Die sandigen Dünen waren menschenleer, aber auf den Wellen der Nordsee flogen einige Kitesurfer mit den starken Böen hoch in den grauen Himmel. Sie erinnerten an urzeitliche Flugsaurier auf der Jagd nach Fisch.

Die beiden Jungs suchten mit zusammengekniffenen Augen die Umgebung nach dem Fremden ab und tatsächlich erspähten sie bald darauf ein kleines Motorboot in der Ferne.

„Das muss er sein." Louis deute auf das sich entfernende Boot.

„Los, hinterher! Hü!!!", befahl Pascal energisch und schon galoppierten die starken Zuchtpferde davon. Es war kaum zu glauben, welche Kraft in diesen gemütlichen Vierbeinern steckte. Selbst Rufus hatte Probleme das Tempo zu halten, obwohl er seinen drahtigen Körper windschnittig in die Länge zog. Allmählich verringerten sie den Abstand zu dem Flüchtigen. Womöglich hatte das kleine Boot Probleme mit dem rauen Wellengang?! Dennoch war die Person darauf nicht zu erkennen. Sie war bis über den Kopf in eine graue Pferdedecke gehüllt und schützte sich damit gleichermaßen vor dem rauen Wetter und den Blicken der Verfolger. Nach einer Weile hatten sie das Boot schließlich eingeholt. Der Fremde hatte den Motor abgestellt und schaukelte, einige Meter vom Land entfernt, reglos in den Wellen.

„Was macht er nun?"

„Er beobachtet uns." Louis überlegte „Er hat hier auf uns gewartet."

„Aber was will er?"

Die Frage blieb offen. Ratlos saßen die Jungs auf ihren Gäulen und warteten ab, was als nächstes geschehen würde. Das Boot lag so nah und doch unerreichbar fern. Aus irgendeinem Grund hatte der Fremde hier auf sie gewartet, aber nun, da sie angekommen waren, geschah nichts. Hatte er ihnen eine Falle gestellt oder demonstrierte er lediglich seine Überlegenheit auf kaltschnäuzige Art und Weise? Angreifer und Verfolger belauerten sich eine ganze Weile, bis schließlich der Motor des kleinen Bootes ansprang und der Fremde davonbrauste.

„Verdammt! Er ist weg!", keuchte Pascal.

„Wir hätten ihn sowieso nicht erreichen können. Außerdem glaube ich, dass wir ganz bewusst hierhergelockt wurden."

Der Strand endete hier, aber landeinwärts führte ein sandiger Pfad durch die Dünen.

„Wohin führt dieser Weg?" Louis wurde neugierig.

„Der müsste zum Heidemoor gehen, einem wunderschönen Naturschutzgebiet."

„Lass uns dort hin reiten, ich habe das Gefühl, dass wir nicht ohne Grund hier sind."

Vorsichtig steuerten sie durch die Dünenlandschaft. Die Pferde hatten ihre Mühe die sandigen Hügel hinaufzukommen. Immer wieder rutschten ihre Hufe auf dem feinen Untergrund davon. Louis betete, dass er die Strecke bald heil passierte. Er hatte wenig Lust darauf, unter einer Haflinger-Stute begraben zu werden. Doch nach einer kurzen Weile erreichten sie das ausgewiesene Naturschutzgebiet und beritten wieder festen Boden. Ein mit Holzzäunen eingefasster, schmaler Weg schlängelte sich durch eine atemberaubend schöne, nahezu unberührte Landschaft. Violette Heide blühte so weit das Auge reichte. Das Land war flach und bis auf einige Hecken und Hagebuttensträucher, in denen allerlei Singvögel emsig ein- und ausflogen, karg. Unter einem strahlend blauen Himmel erstreckte sich eine endlose Weite in grünen, violett-roten und erdfarbenen Tönen. Und dahinter toste die aufgewühlte Nordsee.

„Atemberaubend, nicht wahr?!" Pascal leuchtete ihn an. „Das Heidemoor ist eines der ältesten Naturschutzgebiete hier in der Gegend. Es ist streng verboten die markierten Wege zu verlassen, da die Landschaft vielen seltenen Vögeln und Enten als Brutplatz dient. Außerdem gibt es einige Stellen, die man sowieso besser nicht betritt, wenn du nicht als

Moormumie konserviert werden möchtest."

„Wie meinst du das?" Louis runzelte die Stirn.

„Im Prinzip wortwörtlich. Dieses Moor ist nämlich nicht ungefährlich für unerfahrene Besucher. Es ist ein intaktes Feuchtgebiet. Der Boden ist trügerisch und nachlässig. Gibt er erstmal nach, verschlingt dich der sumpfige Morast unaufhaltsam. Aus eigener Kraft ist es kaum möglich sich daraus zu befreien."

„Und was heißt das? Das ich wie in einem der alten Horrorfilme im Schlamm begraben werde?"

„Jep. Du sinkst zu Boden wie ein Stein und wirst für ewig Teil des Moors." Pascal lächelte diabolisch.

Louis erschauerte. Geistesgegenwärtig nahm er Rufus auf den Arm. Nicht, dass sein kleiner Freund noch auf die Idee kam einen Hasen zu jagen und dabei im Moor einbrach. Allerdings lag dem erschöpften Jack Russel Terrier im Moment nichts ferner. Er hatte sich bei seinem Spurt am Strand so verausgabt, dass selbst eine läufige Hündin gefahrlos hätte passieren können, ohne dass er sie auch nur eines müden Blickes gewürdigt hätte. Erschlagen kauerte er sich in Louis´ Armbeuge und ließ die Schnauze über den Arm baumeln. Seine lange rosa Zunge hing matt aus dem Hals und er hechelte laut vor sich hin.

„Warum sind wir hier, Pascal?"

„Warum? Hey, war es nicht deine Idee hier her zu kommen...?"

„Nein, nein. Ich meine, was wollte uns dein Angreifer hier zeigen? Warum hat er uns hier her gelotst?" Die beiden Jungs sahen sich minutenlang um und ließen die Blicke in alle Himmelsrichtungen schweifen, doch es war nichts Ungewöhnliches zu entdecken. Wohin das Auge reichte, erblickten sie unberührte Natur. Und Vögel. Von den kleinen Spatzen und Zaunkönigen, bis hin zu den großen Seemöwen und Wildgänsen, war eine beeindruckend, artenreiche Vogelfauna vertreten. An einer Stelle, mitten im Moor, hatten sich besonders viele Krähen angesiedelt und flatterten aufgeregt umher. Immer wieder jagten sich die gierigen Viecher und hackten mit den scharfen Hornschnäbeln nach Möwen und anderen Artgenossen.

„Also ich kann weit und breit nichts Ungewöhnliches erkennen. Außer diese blöden, angriffslustigen Krähen." Pascal war enttäuscht.

„Mir geht's genauso."

„Warum die nur so kreischen und Hacken?"

„Vermutlich der Futterneid."

„Blöde Viecher, ist doch genug Aas für alle da. Bei der Größe des Kadavers muss es sich doch mindestens um einen Hirsch handeln."

Louis wurde schlagartig blass. Noch bevor Pascal den Satz beendet hatte, war ein schrecklicher Verdacht in ihm gekeimt.

„Pascal, wir müssen nachsehen, was da los ist."

„Wie bitte? Du möchtest wohl Teil der Landschaft werden?

„Ich denke, ich weiß nun, warum wir hierhergeführt wurden. Lass uns die Beweise sammeln, bevor die

Vögel sie vernichten. Die Pferde lassen wir hier. Das Moor wird uns schon tragen"

Den Jungs war ganz und gar nicht wohl dabei, die Wegmarkierung zu überschreiten. Langsam und vorsichtig tasteten sie sich einen Schritt nach dem anderen voran. Der Boden wirkte in der Tat an einigen Stellen nachgiebig und berechtigte die Zweifel, ob er sie trug. Je mehr die Jungs sich dem Krähenschwarm näherten, desto mehr erkannten sie die menschengroße Gestalt, aus der sich die Aasfresser gierig nährten. Und als schließlich einige der wilden Tiere unter verärgertem Krächzen davonflogen, bestätigte sich Louis' grausiger Verdacht. Vor ihnen lag eine schrecklich zugerichtete Leiche, die einen ekelhaften Gestank verbreitete. Die Extremitäten waren stark zerfleddert. Ebenso waren weite Teile des Gesichts von den Vögeln und Maden abgefressen worden. Der Torso des unansehnlichen Leichnams war im Schlamm versunken. Pascal schrie entsetzt auf und rannte zu den Pferden zurück. Er hatte noch nie zuvor einen Toten gesehen. Louis' Beine hingegen waren erstarrt und ließen sich nicht befehlen zu laufen. Einige Male drohte er sich bei dem üblen Anblick zu übergeben. Der bestialische Gestank raubte ihm beinahe die Sinne. Dennoch fiel ihm ein wichtiges Detail auf, als er sich angeekelt von dem Leichnam abwendete. Ein Bund trockener Kräuter und Blumen hatte sich, nur weniger Meter von dem Toten entfernt, in einem kniehohen Busch verheddert und zitterte aufgeregt im

Wind. Er war mit einer roten Schleife zusammengebunden worden, die Louis nur allzu bekannt war. Besagtes rotes Band war ihm bereits mehrmals aufgefallen. Es war die Verbindung zwischen der toten Krähe, Heinrichs Haus und nun auch einer Leiche. Mit geschickten Fingern befreite er die Grabbeigabe, die wie ein letzter Gruß wirkte. Er würde das wichtige Beweisstück der Polizei vorlegen. Nun hatte er es sehr eilig, Pascal, der sich noch immer kreideweiß an die Pferde klammerte, in seine neuesten Erkenntnisse einzuweihen. Doch wenige Schritte später war Louis zwischen den dichten Grasbüscheln eingesunken und stand knietief im Schlamm. Er hatte in seiner Eile der feuchten Bodenstruktur keine Beachtung geschenkt. Seiner mangelnden Aufmerksamkeit verdankte er nun sein nasses Gefängnis, das seine Beine eisern einschnürte. Panisch versuchte sich Louis aus dem Morast zu befreien, doch je mehr Anstrengungen er unternahm, dem Sog zu entkommen, desto mehr versank er in dem durchlässigen Gemisch aus Wasser und Schlamm. Er griff nach den Grasbüscheln um ihn herum, um sich zu befreien, doch die Pflanzen gaben seiner Zugkraft nach und rissen mit samt Wurzelwerk aus der weichen Erde. Bald schon war kein Halt mehr in Reichweite. Der kalte Morast hielt ihn eisern gefangen. Er konnte den Abwärtssog zwar verlangsamen, indem er sich nicht mehr so stark bewegte, doch das half ihm nicht, aus den Fängen des Heidemoors zu entkommen. Aus eigener Kraft konnte er hier nichts mehr ausrichten.

„Pascal, komm her!!! Ich versinke! Hilf mir hier raus!!!"

Rufus kam sofort hergerannt und bellte aufgeregt in alle Himmelsrichtungen. Auch Pascal war herbeigeeilt, und streckte ihm die Hand entgegen. Doch die Distanz war zu groß, als dass sie sich zu fassen bekamen. Der Boden gab zu sehr nach, sobald Pascal sich versuchte anzunähern. Er hielt nach einem langen Stock oder einem ähnlichen Hilfsmittel Ausschau, mit der er die Distanz überbrücken konnte, doch weit und breit war nichts Brauchbares ausfindig zu machen. Eine überwältigende Hilflosigkeit brach über die beiden Freunde ein. Louis hatte eine Todesangst. Hüfthoch steckte er in der Erde fest, bewegungsunfähig von den Beinen abwärts, und das Moor wurde nicht müde ihn Zentimeter für Zentimeter zu verschlingen. Auch Pascal war nun verzweifelt. Ohnmächtig brüllte er nach Hilfe, aber das Heidemoor war menschenleer.

Schließlich hatte er den Einfall Louis mit Rufus' Leine zu befreien und warf sie seinem Freund entgegen. Louis klammerte sich sofort an dem einen Ende des Lederriemens fest und Pascal zog kräftig aus sicherem Abstand. Doch ihre Kräfte reichten bei weitem nicht aus, ihn aus dem Morast zu befreien. Louis steckte bis zum Nabel im Schlund des Heidemoors fest und zitterte am ganzen Leib. Die Feuchtigkeit war eiskalt und lähmte seine Muskulatur. Bei jedem Versuch ihn aus dem kalten Sumpf zu ziehen, gaben seine tauben Hände nach. Immer wieder glitt ihm die Leine aus den gelähmten Fingern und hinterließ schmerzvolle Spuren. Nach mehreren missglückten Versuchen waren die Jungs völlig entkräftet.

„Hohl mich hier raus", wimmerte Louis kläglich. Er wollte noch nicht sterben. Er dachte an seine Tanten, und hoffte, dass sie sich um Rufus kümmerten, während er seine ewige Ruhe im Schlamm fand. „Ich will nicht sterben", flehte er schluchzend, gewahr seiner aussichtslosen Situation. Auch Rufus begann zu jaulen und hilflos auf seinen vier Beinen herumzutrippeln. Zwischendurch bellte er laut, als würde er Louis auffordern endlich aus dem Loch zu kommen.

„Binde dir die Leine um deinen Oberkörper. Am besten direkt unter den Achseln. Ich bin gleich wieder da." Pascal rannte davon.

„Was machst du? Lass mich nicht allein!"

„Tu was ich dir sage. Ich bin sofort bei dir"

„Beeil dich einfach!", flehte Louis und wischte sich mit dem Handrücken die Tränen von den Wangen.

Sobald Pascal die Pferde erreicht hatte, sprang er mit einem eleganten Satz auf den großen Braunen, feuerte ihn zu einem Sprint an und sprang waghalsig über die Wegbegrenzung. Das Adrenalin nahm ihm jede Furcht. Mit tosenden Hufschlägen galoppierte der Hengst zielstrebig über das Heidemoor, um erst einige Meter vor der Einbruchsstelle zu verlangsamen. Louis ragte mittlerweile lediglich noch auf Herzhöhe aus dem Loch und hielt seine Arme nach oben, damit diese nicht ebenfalls in eiserne Gefangenschaft gerieten. Pascal knotete das andere Ende der Hundeleine ans Pferdehalfter und gab ihm endlich die Anweisung langsam zurückzugehen. Mit ungeheurer Kraft zog der Lederriemen an Louis´ Körper, doch der Sog des Moors war so enorm, dass selbst das Pferd seine Mühe hatte ihn in Bewegung zu bringen. Pascal unterstützte den Kraftakt und zog gemeinsam mit dem Lasttier an der Leine. Louis´ gesamter Körper schmerzte bei dieser Aktion und er befürchtete er würde jeden Moment in zwei Teile gerissen. Doch schließlich lösten sich die Beine aus der tödlichen Umarmung. Seine Sneaker blieben stecken, doch der Körper kroch Zentimeter um Zentimeter aus dem kalten Grab und schließlich war er komplett befreit. Sofort empfing ihn Rufus freudestrahlend und leckte ihm unter ausgelassenem Jaulen über die Nase. Er war überglücklich, dass seinem Herrchen nichts passiert war. Die Jungs umarmten sich erleichtert. Pascal drückte ihn feste an sich und ließ ihn eine ganze Weile nicht mehr aus den Armen. Für einen Moment verschmolzen sie zu einem einzigen Herzschlag. Tränen glitzerten in ihren Augen. Alle Schmerzen wichen allmählich davon.

„Ich bin so froh, dass wir es geschafft haben!"

„Ich auch! Ich war sicher, hier endet alles für mich." Louis atmete die kühle Luft ein und glaubte noch nie so viel Leben in einem Windhauch gespürt zu haben.

„Und du, mein großer..." Pascal lobte den Braunen. „Du hast dir heute Abend eine leckere Belohnung verdient." Das Pferd neigte den Kopf auf die Seite, als wüsste es um seine Tat.

„Los, lass uns hier weg. Ich möchte dieses Moor nie mehr betreten!" Er nahm Pascal an die Hand.

„Wir müssen die Polizei wegen dem Leichnam verständigen, Louis. Meinst du, es handelt sich um Heinrich?"

„Schön möglich", entgegnete er. „Ich denke Heinrich hat auf jeden Fall etwas damit zu tun. Sein Verschwinden und der Fund einer Moorleiche kann kein Zufall sein. Und dann noch der Strauß..." Louis wurde blass. „Verdammt!" Er stampfte auf. „Er ist weg. Er muss wohl versunken sein."

„Wer ist weg? Von wem redest du, Louis?"

Und während sie auf die Polizei warteten, weihte er Pascal in seine dunklen Vermutungen ein und erzählte ihm alles, was er seit seiner Ankunft in Nordstrand erlebt hatte.

*

Das Gespräch mit der örtlichen Polizei war die reinste Farce. Gerade mal ein Beamter nahm ihre Aussagen entgegen und protokollierte den Zwischenfall. Eine Leiche im Moor war wohl kein Grund zur Aufregung. *Es verschwinden immer wieder Leute im Heidemoor. Da nützen all die Warnhinweise am Wegesrand nichts,* hatte der Beamte lakonisch geantwortet und die beiden Jungs noch dafür gerügt, dass sie die sicheren Pfade verlassen hatten. Natürlich würde der spektakuläre Fund Schlagzeilen machen, aber nach ein paar Tagen wäre der ganze Spuk vergessen. Louis konnte nicht fassen, dass der Polizist überhaupt keine Verbindung zu dem mysteriösen Verschwinden des Leuchtturmwärters sah. Und selbst als er den Beamten darauf aufmerksam machte, ob es sich eventuell um den vermissten Heinrich handeln könnte, antwortete dieser mit einer nordischen Gelassenheit. „Das wird die Obduktion in den nächsten Tagen zeigen."
Louis und Pascal entschieden sich daher dafür, nichts über ihren Einstieg in Heinrichs Haus und den Fremden zu berichten, der sie letztendlich zum Fundort der Leiche geführt hatte.

Am nächsten Morgen, gleich nach dem Erwachen, schlug Louis neugierig die Zeitung auf. Er hoffte weitere Informationen über ihren makabren Fund darin zu entdecken. Der Fall hatte es allerdings noch nicht mal

auf die Titelseite des Nordstrander Käseblatts geschafft. Er überblätterte hektisch die Seiten und
überflog die Titel. Erst auf Seite vier, unter der Rubrik
Kommunales, fand er einen kleinen Bericht über den
dramatischen Fund. In dem Artikel berichtete man
von einem Unfall. Verdacht auf Fremdeinwirkung bestand wohl nicht, zumindest wurde mit keiner Silbe
davon berichtet. Die Leiche sei noch nicht identifiziert
worden, man wisse lediglich, dass es sich um eine
junge Frau handle. Ihr alter schätzte man auf Anfang
zwanzig.

„Eine Frau?" Pascal wunderte sich. Louis war sofort
mit der Zeitung zu ihm auf den Reiterhof geradelt.
Pascal saß auf einem Schreibtischstuhl und rotierte
darauf nachdenklich von links nach rechts. Er sah
noch verstrubbelter aus als sonst und hatte es auch
noch nicht aus seinem Pyjama geschafft. *Irgendwie
süß,* fand Louis. Pascals Zimmer versprühte noch immer den Charme alter Kindertage, obwohl er schon
lange zu einem jungen Mann herangewachsen war.
Doch die alten Bücher und Spielsachen in den Rega-
len, die Spielekonsole vor dem Fernsehgerät, sowie
die verblichenen Aufkleber und Poster an der Zimmertür berichteten bildlich von Pascals Jugend auf
dem Reiterhof. Louis entdeckte im Staub der Vergangenheit Pascals Lebensgeschichte und fühlte sich ihm
mit einem Mal ein ganzes Stück vertrauter. Die Familie bewohnte den Dachboden, direkt über den

Pferdestallungen. Warme Holzelemente, Ziegelmauern und Bauernmöbel repräsentierten das rustikale Loft, das mit seinen quer durch den Raum verlaufenden Dachbalken an einen Scheunenboden erinnerte. Ein sanfter Geruch aus Heu und Pferd kroch durch die Räumlichkeiten. Im Gegensatz zu der offenen Wohnküche, waren die privaten Zimmer der Familie eher klein. Die Fenstergaupen in Pascals Zimmer gaben eine fantastische Aussicht auf die grünen Koppeln frei, auf denen sich die hohen Pappeln im Wind bogen. Das Leben schien hier abenteuerlich und idyllisch.

„Ich hätte mein letztes Hemd verwettet, dass wir Heinrich im Moor gefunden haben. Aber eine weitere Leiche... Das ist jetzt komplett sonderbar!" Pascal war irritiert.

„Nicht wahr?! Das war auch mein Gedanke. Und trotzdem bin ich fest davon überzeugt, dass Heinrich mit dem Mord zu tun hat."

„Mord?" Pascal riss die verschlafenen Augen auf.

„Ja natürlich Mord. Oder glaubst du etwa an einen Unfall? Ich denke, die Nordstrander Polizei hat nicht genau ermittelt. Der Fall war doch für die schon als Unfall abgeschlossen, als wir noch unsere Aussagen zu Protokoll gegeben haben."

„Ach so." Pascal wusste nicht so recht, was er darauf sagen sollte. Außerdem war es noch viel zu früh zum Nachdenken. „Und nun?"

„Wir werden den Fall auf unsere Weise aufklären. Und zwar am besten noch, bevor ich wieder in der

Nacht von fremden Besuchern observiert werde."

„Oh." Pascal schluckte. Den aufkeimenden Enthusiasmus seines Freundes mochte er nicht so recht teilen.

„... und bevor noch ein weiterer Mord geschieht."

Pascal riss erschrocken die müden Knopfaugen auf.

„Noch ein Mord?"

„Wo *ein* Verbrechen stattgefunden hat, ist das nächste nicht fern. Alte Detektivweisheit!" Er strahlte stolz. „Aufgepasst: Wir werden heute mit unseren Recherchen beginnen. Dazu durchforsten wir zunächst das Zeitungsarchiv nach auffälligen Artikeln, die in Zusammenhang stehen könnten. Jeder Mord hat eine Geschichte. Nenn mich Horst-Kevin, wenn der entscheidende Hinweis nicht zwischen den Zeilen der Nachrichten verborgen liegt."

„Okay Horst-Kevin. Aber vorher wird gefrühstückt. Ich kann schon den Kaffeeduft aus der Küche riechen."

Die beiden Jungs schlurften den Dielengang entlang in Richtung Küche. Vor einer Tür, die mit einem großen Poster eines Basketballspielers beklebt war, hielt Pascal für einen Moment inne.

„Mein kleiner Bruder!" Er zwinkerte Louis zu und öffnete die Tür. „Alex, es gibt gleich Frühstück. Kommst du mit uns?!"

Alex war so ziemlich genau das Gegenteil seines Bruders. Er war mitten in der Pubertät, übergewichtig und ein absoluter Gangster-Poser. Sein Zimmer war komplett mit Postern von Basketball-Stars und amerikanischen Rappern gespickt. Alles sah sehr unordentlich aus, denn der kleine Raum war übersät mit Klamotten und Caps. Alex trug ein Chicago Bulls Trägershirt zu einer dazu passenden weiten Sporthose und posierte gerade vor dem Fernseher, auf dem ein Hip Hop Musik-Video lief. Dabei imitierte er die Bewegungen des Musikers und sang mit harter Phonetik in die Fernbedienung. Wider Erwarten irritierte ihr plötzliches Erscheinen ihn nicht. Vielmehr schien er in ihnen ein willkommenes Publikum gefunden zu haben, das er mit noch intensiverem Sprechgesang und energischen Posen be-hip-hopte.

„Bis gleich, Coolio!" Pascal verabschiedete sich unbeeindruckt.

„Krass, der ist ja komplett anders als du." Louis staunte. „Ich hatte mich auf ein etwas jüngeres Abbild von dir eingestellt. Aber einen Rapper hatte ich nicht vermutet. Fehlen nur noch die Goldzähne", scherzte er amüsiert.

„Lach ihn nicht aus. Die Amis sind sein Leben. Der erzählt von nix anderem als Hip-Hop, Gangstern, Chicago und Basketball. Andererseits sind *seine* Freunde genauso überrascht über mich, wenn sie mein Zimmer mit den Pferdepostern sehen."

„Äh ja, ich wollte es ja vorhin nicht ansprechen, aber da du es selbst erwähnst. PFERDEPOSTER?!? Das ist so Wendy-mäßig!" Louis foppte. „Wahrscheinlich hast du auch dein Wendy-Abo noch nicht abbestellt und liest sie immer noch heimlich zum Einschlafen."

Pascal fühlte sich ertappt.

„... nur aus Nostalgiegründen." Er zwinkerte süß und hoffte, dass Louis die Zeitschriften auf seinem Nachttisch nicht bemerkt hatte.

*

Das Stadtarchiv von Nordstrand befand sich in einem modernen Gebäude, das optisch nicht so recht in die idyllische Kleinstadt passen wollte. Der vierstöckige Betonkomplex mit den kühlen Edelstahlelementen beherbergte nicht nur die Redaktion des Nordstrander Käseblatts, sondern auch ein Teil der Stadtverwaltung. Eine ruppige, übergewichtige Frau führte die beiden Jungs in das helle Dachgeschoss, indem sämtliche Ausgaben der hiesigen Tageszeitung ordentlich nach Jahr und Tag archiviert waren. Für ihre Recherchen hatten sie sich eine Kanne Tee mitgenommen und sich in dem sonnendurchfluteten Raum an dem einzigen Tisch niedergelassen,

„Nach was suchen wir denn genau?" Pascal blätterte die aktuelle Ausgabe durch. „Wir können schließlich unmöglich *alle* Zeitungen sichten."

„Das ist wohl wahr." Louis seufzte und rührte nachdenklich in seinem Tee. „Wir konzentrieren uns auf die Schlagzeilen. Gab es bereits in der Vergangenheit Morde oder vermisste Personen? Gibt es einen Artikel, der uns Informationen über Heinrich liefert. Vielleicht gibt es auch Hinweise auf die Personen, die wir auf Heinrichs Fotografien entdeckt haben."

„Ach ja, das wollte ich dir sowieso noch beichten", druckste Pascal unsicher herum. „Ich muss wohl eines der Bilder verloren haben. Ich vermute bei deiner Rettungsaktion."

„Was??? Und das sagst du mir erst jetzt?"

„Mir ist es gestern Abend aufgefallen, als ich nochmals einen Blick darauf werfen wollte. Und dabei habe ich bemerkt, dass ich nur noch das Bild von Heinrichs Schwester besitze. Das Foto mit den Nonnen ist verschwunden." Pascal war nun ziemlich kleinlaut.

„Oder man hat es dir gestohlen", schlussfolgerte Louis. Pascal hatte beide Fotos zusammen eingesteckt. Dass er nur eines davon verloren haben sollte, erschien unlogisch. „Ich vermute, dass der Unbekannte es dir entwendet hat, als du ohnmächtig vor Heinrichs Haus lagst. Wir hatten also recht: Das Foto war ein entscheidender Hinweis. Schade, dass wir es nicht mehr haben."

„Tut mir leid!"

„Ist schon in Ordnung. Wir wissen, dass es dieses Bild gibt. Vielleicht entdecken wir einen Artikel über ein Kloster oder einen Orden. Wir haben nun zumindest einen Anhaltspunkt."

Stunden über Stunden arbeiteten die beiden Jungs eine Zeitung nach der anderen durch. Pascals Smartphone lag auf dem Tisch und spielte leise Musik ab, damit die Arbeit nicht allzu eintönig wurde. In den aktuellen Ausgaben fand sich kein Bericht über eine verschwundene Person. Heinrich war der Einzige, der derzeit in Nordstand und Umgebung vermisst wurde.

Und dieser konnte unmöglich die Leiche aus dem Heidemoor sein. Schließlich hatten sie eine tote Frau gefunden. Nachdem sie nach mehreren Stunden mühevoller Recherchen immer noch nichts Brauchbares über Heinrich oder ein Kloster gefunden hatten, entschied sich Pascal dazu parallel auf dem Smartphone nach Berichten über Nordstand zu suchen. Hier konnte er ein paar Schlagwörter eingeben, was die Suche enorm erleichterte. Tatsächlich fand er einen interessanten Artikel über das Heidemoor. In der Region wurde das Moor von den Einheimischen makabrer Weise *Letzte Ruhe* benannt. Aufgrund der häufigen Todesunfälle hielt sich der Titel bis in die späten achtziger. In diesem Zeitraum wurde die Stadt schließlich aktiv, ebnete neue Wege und errichtete Absperrungen, welche die Touristen nun sicher durch das trügerische Idyll führten. Danach nahmen die Unglücke schlagartig ab und es gab ganze Jahrzehnte, in denen keine Person Schaden genommen hatte. Ansonsten war Pascals Heimatort seit Beginn des Internetzeitalters als ein friedliches Kleinod in die Geschichte eingegangen. Absolut nichts Ungewöhnliches passierte hier. „Ich weiß gar nicht, wie sich die Zeitung überhaupt halten kann." Pascal streckte sich. „Selten einen so langweiligen Ort wie Nordstrand erlebt. Keine Toten, keine Vermissten, keine Nonnen – einfach gar nichts."
„Wir müssen weiter in die Vergangenheit, Pascal. Das Foto von den Nonnen: Wie alt mag es wohl gewesen sein?"

„Hm", überlegte er. „Das ist schwer zu sagen. Es wirkte auf den ersten Blick recht alt, da es in schwarz-weiß aufgenommen wurde. Doch ich schätze, es könnte vor dreißig oder vierzig Jahren endstanden sein."

„Das denke ich auch so in etwa", stimmte Louis zu.

„Und das zweite Foto von dem Mädchen?"

„Das ist sicherlich schon sechzig Jahre alt oder älter."

„Wenn wir davon ausgehen, dass es sich um Heinrichs Schwester handelt, dann könnte das gut hinkommen. Weißt du wie alt Heinrich ist oder war?" schluckte Louis trocken.

„Ich schätze er war noch keine achtzig Jahre alt, aber viele Jahre bis dahin haben wohl nicht mehr gefehlt." Eine Denkfalte zog sich auf seiner Stirn zusammen.

„Also gut. Wir durchforsten noch die Zeitungen aus dem Zeitraum zwischen den 60er und 90er Jahren. Vielleicht lässt sich hier etwas über die beiden Fotos ermitteln."

Stöhnend schenkte ihnen Pascal eine weitere Tasse Tee nach. Es würde noch ein langer Nachmittag werden. Louis arbeitete sich von 1960 nach vorne und Pascal ging ab 1990 ein Jahr nach dem anderen zurück. Nach einer weiteren Stunde hatten sie in Summe noch nicht mal ein Jahrzehnt gesichtet und waren immer noch ergebnislos. Deprimiert suchte Pascal eine neue Musik-Playlist auf seinem Smartphone.

„Detektiv spielen macht keinen Spaß!", grummelte er enttäuscht vor sich hin und rieb sich die müden Augen.

„Mir steht das Recherchieren auch schon bis hier." Louis zog eine imaginäre Linie unter seinem Kinn.

„Außerdem macht es hungrig. Was hältst du davon, wenn wir uns demnächst etwas zu essen besorgen?" Pascal hätte lieber romantisch mit Louis bei Kerzenschein diniert, anstatt den Zeitungsstaub vergangener Zeiten durch die Lungen zu filtern. Louis sah auf die Uhr. Die Sonne stand tief und war kurz davor, in den Wogen der Nordsee zu versinken.

„Halb sechs. Lass uns noch eine halbe Stunde weiter machen. Danach können wir etwas essen gehen. Ich würde dich gerne einladen. Sozusagen als kleines Danke schön dafür, dass du mir das Leben gerettet hast." Er blinzelte liebevoll. „Und natürlich für den großartigen Ausritt!"

„Das klingt fabelhaft!" Pascal war sichtlich angetan. „Wir haben hier einen netten Italiener und auch einige Bistros. Letztere bieten Flammkuchen und Baguettes für den kleinen Hunger an. Oder, wenn du magst, können wir auch ins Gasthaus *Zum Hasen* gehen - dort gibt es deftige Hausmannskost und die besten Bratkartoffeln der Stadt."

„Gut, gehen wir *Zum Hasen*", stimmte Louis seinem Lebensretter zu und ihm wurde das Herz bei der Vorstellung richtig warm. Mit neuem Elan durchforsteten die Jungs die nächsten Ausgaben der Tageszeitung. Und als sie schon nicht mehr damit rechneten auch nur mit einer einzigen brauchbaren Information den kühlen Betonkomplex zu verlassen, stolperte Pascal über eine Todesanzeige, die seine Aufmerksamkeit erregte.

„Hier, ich habe etwas." Er triumphierte und las in einem Nachrichtensprecher-Tonfall vor:

Die Welt ist dunkler geworden,
denn Du bist nicht mehr hier.
Aber im Himmel scheint nun ein neues Licht.

In tiefer Trauer verabschieden wir unsere Tochter
und Schwester

Anna-Marie Holm 1956-1984

In Liebe deine Eltern Willi & Frederike Holm
sowie dein Bruder Heinrich

„Heinrich Holm", wiederholte Pascal aufgeregt. „Das ist unser Heinrich – der Leuchtturmwärter. Jetzt haben wir den Beweis: Er hatte eine Schwester."

„Und sie ist nicht besonders alt geworden", überlegte Louis. „1956-1984... Das bedeutet, dass sie erst 28 Jahre alt war, als sie verstarb." Ein frostiger Schauer kroch ihm über den Rücken. „Los, wir benötigen alle Zeitungen vor dieser Ausgabe. Bei dem Tod eines so jungen Menschen muss irgendetwas berichtet worden sein. Der Vorfall ist einfach zu tragisch."

Es flackerte wild in seinen Augen.

Akribisch genau prüften sie die vorangegangenen Ausgaben der Nordstrander Tageszeitung und tatsächlich berichtete das Blatt über das mysteriöse Verschwinden von Anna-Marie Holm, die seit dem Rosenmontag 1984 spurlos verschwunden war. Zuletzt war sie mit einer weiblichen Begleitung auf dem Rosenmontagsball gesichtet worden. Gegen Mitternacht hatten die beiden Freundinnen das Lokal verlassen und trennten sich am Dorfende, wo die vermisste Person den Weg bis zu ihrem Elternhaus am Leuchtturm allein weiter beschritt. Dort sei sie jedoch nie angekommen. Seitdem gab es kein Lebenszeichen von Anna-Marie. Erst eine Woche später entdeckten die Polizeihunde des Sondereinsatzkommandos großflächig verteilte Blutspuren, sowie Faserreste des Faschingskostüms der Vermissten, im angrenzenden Wald zwischen Heidemoor und Anna-Maries Heimweg. Die Spürhunde verfolgten die Fährte bis tief ins Moor hinein, wo man des Weiteren einen Schuh des Mädchens fand. Dann verlor sich die Spur. Forensiker und Polizei bestätigten der Presse, dass der Blutverlust der Vermissten so enorm gewesen sein musste, dass man ihr keine Überlebenschancen zuschrieb. Man gehe von einem Gewaltverbrechen aus. Hinweise zum Täter und der Tatwaffe gab es keine. Auch nach intensiven Grabungen im Heidemoor und mit der Unterstützung von Leichenspürhunden, konnte das Mädchen nicht gefunden werden. Aufgrund der Indizien wurde Anna-Marie sechs Wochen nach ihrem

Verschwinden für Tod erklärt.

*

Es war bereits halb neun, als die beiden Jungs endlich am Gasthaus ankamen. Die letzten Recherchen
waren so ergiebig gewesen, dass die Zeit regelrecht
verflogen war. Der Schock über den mysteriösen
Mordfall von Anna-Marie Holm beschäftigte sie und
saß ihnen noch eine ganze Weile klamm in den Knochen. Vor vierzig Jahren war Heinrichs Schwester
verschwunden und aller Voraussicht nach einem Gewaltverbrechen zum Opfer gefallen. Und nun, vier
Jahrzehnte später, wurde er selbst vermisst. Das konnte kein Zufall sein. Die Jungs waren sich einig
darüber, dass ein Zusammenhang zwischen den beiden undurchsichtigen Vorfällen bestand. Sie
zermarterten sich die Köpfe, die neuesten Informationen und Erkenntnisse zu ordnen und Logik in den Fall
hineinzubringen. Ihnen wurde schlagartig bewusst,
dass sich der Mörder des Mädchens noch immer unter
ihnen befinden konnte, getarnt als guter Bürger Nordstrands. Hatte der Täter seine kalten Hände bereits
nach einem weiteren Opfer ausgestreckt? Die Vorstellung ließ die beiden Freunde erschauern und hielt ihre
Gedanken fest im Griff. Vermutlich genau aus diesem
Grund, hatten sie auch Louis Tanten nicht davon abhalten können, sich ihrem Abendessen im Gasthaus
anzuschließen. Als diese nämlich von den Plänen der
Jungs gehört hatten, standen sie kurz darauf in ihren
Tweed gemusterten Mänteln und mit prallen Handta-

schen zur Abreise bereit.

„Kommt gar nicht in Frage, dass ihr ohne uns geht. Ihr seid herzlich von uns eingeladen. Wir haben schließlich noch gar nicht gefeiert, dass du Louis aus dem Moor befreit hast. Wir wissen gar nicht, wie wir das jemals wieder vergelten können, Pascal. Also keine Widerrede: Wir laden euch ein!"

Sie hatten vehement darauf bestanden, mitzukommen und damit die beiden Freunde gnadenlos überrumpelt. Und so kam es nun, dass bei dem geplanten romantischen Essen zu zweit nicht nur Louis´ quirlige Tanten dabei waren, sondern auch Rufus schwanzwedelnd ins Gasthaus einmarschierte und seine Schnauze nach den vielen leckeren Düften in die Luft ausrichtete. Die Gasthausstube *Zum Hasen* war ein gemütliches Lokal, das seinen ursprünglichen Charme seit der Eröffnung vor beinahe Hundertzwanzig Jahren nicht verändert hatte. Es war ein Familienbetrieb, der nun schon in der dritten Generation weitergeführt wurde. Zahlreiche Besucher waren bereits mit dampfenden Tellern und Bierkrügen an den rustikalen Tischen zusammengekommen und unterhielten sich in geselliger Atmosphäre. An den Wänden rings herum hingen kleine Laternen und Bilder aus zwölf Jahrzehnten Gastwirtschaft. Es roch nach gedünsteten Zwiebeln, Fleisch und Gewürzen. Rufus und die vier Gäste nahmen auf einer Eckbank an einem Tisch Platz, der in eine Nische eingerückt war. So waren sie ein wenig vor dem regen Treiben und dem bemerkenswerten Geräuschpegel geschützt. Tante Luci orderte zwei Flaschen Sprudelwasser und Rotwein für alle.

„Sucht euch aus, was ihr wollt. Keine Bescheidenheit, bitte."

„Pascal hat mir von den Bratkartoffeln vorgeschwärmt. Die sollen hier super sein."

„Leider ist die vegetarische Karte nicht besonders groß", stellte Pascal enttäuscht fest.

„Du bist Vegetarier? Ich auch." Louis freute sich über ihre Gemeinsamkeit.

„Du Vegetarier?!?" Tante Luci lachte belustigt „Und die fünf Schinkenbrote, die du gestern noch bei uns genüsslich verdrückt hast...??? Tofu sieht anders aus!"

Louis warf seiner vorlauten Tante einen bösen Blick zu. Dass sie ihn nun vor Pascal bloßstellte, schmeckte ihm überhaupt nicht – jedenfalls nicht so gut, wie die besagten Schinkenbrote, die er seit seiner Ankunft in Nordstrand nun jeden Abend aß. Tatsächlich verzichtete er schon seit Jahren auf Fleisch. Seit Rufus bei ihm lebte, hatte er seine Einstellung zum Fleischkonsum komplett verändert und auch die erschreckenden Reportagen über die gängige Massentierhaltung verfehlten ihre Wirkung nicht. Solchen Gräuel würde er keinesfalls unterstützen und hatte alsdann alle Fleischprodukte gemieden. Allerdings lief ihm allein bei der Erinnerung an Tantchens leckere Schinkenbrote so das Wasser im Munde zusammen, dass er drohte, gleich loszusabbern.

„Das war ganz und gar untypisch für mich", rechtfertigte er sich peinlich berührt und entschied sich demonstrativ für den Grünkohl-Kartoffel-Strudel, obwohl ihm der Duft des Spießbratens, den die Kellnerin gerade an ihnen vorbei trug, verlockend in die Nase stieg. Als Pascal und die Tanten das bemerkten, mussten alle erst mal herzhaft lachen.

Die Ablenkung von den erschreckenden Vorfällen der letzten Tage tat ihnen gut. Der Abend war so gesellig, dass sie zum Hauptgang noch ein weiteres Glas Rotwein tranken und sich nach dem Essen sogar noch einen Birnenbrand zu Gemüte führten. Maggie und Luci wurden daraufhin immer redseliger und ließen eine Anekdote nach der anderen los. Dabei kicherten sie entzückt und steckten ihre jungen Begleiter mit ihrer Heiterkeit an. Einzig Rufus verstand kein Wort von der Ausgelassenheit seines Rudels. Nachdem er bemerkt hatte, dass hier wohl nichts essbares mehr vom Tisch für ihn abfallen würde, hatte er sich auf der Eckbank zusammengerollt und die Schnauze auf die Hinterläufe abgelegt. Er hob allenfalls mal skeptisch ein Ohr, wenn Maggie wieder einmal rasselnd auflachte.

„Huh,", wischte sich Maggie die Lachtränen aus den Augen „Ich brauche noch etwas Süßes." Sie gluckste belustigt und blätterte in der Karte zu den Nachspeisen. Obwohl alle bis an den Rand gesättigt waren, klang ein süßer Nachtisch verführerisch und so schlossen sich auch die anderen drei an. Butterkuchen mit Roter Grütze – Lecker.

„Schaut mal, da drüben ist die alte Schreckschraube vom *Kaffeehaus*. Wie böse die schon wieder drein guckt. Irgendwie unheimlich", stellte Louis fest. Tatsächlich warf ihnen die Alte funkelnde Blicke zu, als würde sie sich nicht gerade über die Anwesenheit von Pascal, Louis und seinen beiden Tanten freuen.

„Du meinst Regina?" Maggie sah sich um. „Ja, natürlich ist sie hier. Sie ist schließlich die Inhaberin des Gasthauses."

„Wie bitte?" Louis erstaunte sich. „Dieser Besen führt das Lokal? Schwer zu glauben, dass die Leute sich bei der Visage wohl fühlen."

„Also Louis, bitte", ermahnte ihn Maggie mit hochgezogenen Augenbrauen.

„Louis hat schon recht." Pascal bestärkte ihn „Sie ist nicht gerade die gute Seele des *Hasen*. Und wäre ihr Mann nicht das komplette Gegenteil von ihr, wäre es hier bestimmt keinen Abend so gut besucht wie heute. Leider hat die Alte das Sagen in dem Haus."

„Sie ist schon ein wenig kratzbürstig, das stimmt", räumte Maggie ein.

„Oder ganz schön ketzerisch...", fügte Luci augenrollend hinzu. Sie mochte Regina nicht.

„Mag sein, Luci. Aber wir haben alle unsere Geschichte und Regina hatte es bestimmt nicht leicht in ihrem Leben", beschwichtigte Margarethe. „Ihr müsst wissen, in der alten Zeit wurde man hier auf dem Dorf noch Zwangsverheiratet, um die Höfe zusammenzuführen oder eben als Lebensversicherung. Reginas

Mann war da eine gute Partie, mit dem Gasthaus und so. Aber im Grunde war Regina immer unglücklich in ihrer Ehe. Man hat die beiden nie liebevoll miteinander umgehen sehen. Im Laufe der Zeit haben sie sich wohl miteinander arrangiert, doch zufrieden waren sie beide nie. Es wird sogar gemunkelt, dass Regina noch am Tag ihrer Hochzeit sich weigerte, ihren zukünftigen Gatten zu ehelichen. Sie schwärmte offenbar bereits für einen anderen Mann, aber das zählte damals natürlich nicht als Argument."

„Und weiß man, wer der glückliche war, dem der Drachen nun erspart geblieben ist?"

Margarethe blickte streng über ihre Brille hinweg. „Du bist ein garstiger Junge, Louis. Ich liebe dich, aber manchmal bist du ein Teufel." Louis grinste nur diabolisch und warf seiner Tante einen Handkuss zu.

„Der Junge hat doch recht", stimmte Luci ihrem Lieblingsneffen zu. „Um diese Frau macht man lieber einen großen Bogen."

„Aber ich ziehe meinen Hut davor, wie sie in ihrem Alter noch das Regiment führt. Man muss sich mal überlegen, dass die Frau in ein paar wenigen Jahren auch schon achtzig Jahre alt wird. Werdet ihr erst mal so alt und leitet einen Familienbetrieb. Da gehört schon ganz schön was dazu!" mahnte Maggie in die kleine Runde.

„Dann soll sie es doch abgeben. Irgendwann kann man sich ja auch mal zur Ruhe setzen."

„Ich glaube, wenn sie Kinder hätte, hätte sie das auch

bestimmt schon längst gemacht", warf Pascal ein. „Ich glaube die hat schon lange keine Lust mehr auf ihr Lokal."

„Wenn du dich da mal nicht täuschst. Sie hatte ja mal eine Tochter, aber ich glaube nicht, dass sie ihr das Zepter freiwillig übergeben hätte", plauderte Luci nun aus dem Nähkästchen. „Aber die Frage stellt sich sowieso nicht mehr, denn die Ärmste ist leider schon verstorben. Sie war ein ganz liebes Ding, aber offensichtlich auch ziemlich labil."

„Labil?"

„Das liebe Ding hat sich das Leben genommen. Giftcocktail. Man fand sie in ihrem Zimmer. Es wurde ein Abschiedsbrief gefunden, indem angeblich von Depressionen die Rede war."

„Darüber haben wir gar nichts gelesen." Pascal wunderte sich

„Gelesen?" Luci war erstaunt. „Das Ganze ist ja auch schon bestimmt gute fünfzehn Jahre her."

„Noch länger." Maggie winkte ab „Bestimmt zwanzig Jahre."

„Wie lange auch immer: darüber gab es bestimmt nichts mehr zu lesen."

„Wir waren doch heute im Zeitungsarchiv und haben ermittelt", plauderte Pascal naiv drauf los und bemerkte dabei gar nicht, dass Louis ihm Zeichen gab, tunlichst nicht weiter zu erzählen. „Wir haben Zeitung für Zeitung durchblättert, aber da stand nichts von einem Selbstmord."

Zu spät – schon amüsierte sich Luci über die Jungs.
„Recherchiert? Wie goldig. Hörst du Maggie, die Kinder spielen schon wieder Detektiv." Sie lachte sichtlich amüsiert und sah die beiden so liebevoll an, als hätten sie ihr gerade erzählt, dass sie an regenbogenfarbene Einhörner glaubten. Pascal und Louis sahen sich fragend an.

„Wie alt war denn Reginas Tochter, als sie sich das Leben nahm?" Louis lenkte das Thema wieder auf den Punkt, um den amüsierten Tanten keine erneute Angriffsfläche zu bieten.

„Marit war nicht viel älter als Mitte dreißig." ergänzte Tante Margarethe Lucis Geschichte. „Das war wirklich traurig. Sie war noch gar nicht lange nach Nordstrand zurückgekehrt. Über zwanzig Jahre war sie verschwunden. Regina erzählte immer sie sei Karriere machen in München, aber das hatte hier im Dorf keiner geglaubt. Die Kleine war schon als ganz junges Mädel labil. Ist immer den älteren Herren hinterher gestiegen. Hatte sie einer lieb angelächelt, war sie auch schon über beide Ohren verliebt", erzählte Maggie.

„Leicht zu haben war sie. Und das in einem Wirtshaus. Ihr könnt euch ja vorstellen, wie oft die Herren ihre Fühler nach dem jungen Ding ausgestreckt haben."

„Und Marit hatte so ein naives Herz. Und war immer voller Kummer, weil die Männer in ihr keine Frau fürs Leben sahen." Tante Margarethe nippte an ihrem

Rotwein. „Und kurz nach ihrem sechzehnten Geburtstag war sie dann auf einmal verschwunden. Regina tischte uns allen die Geschichte von der Karriere ihrer Tochter auf, aber insgeheim wusste hier jeder, dass sie das arme Mädchen weggeschickt hatten. Es wurde einfach zu viel hinter vorgehaltener Hand über sie gesprochen."

„Erst zwanzig Jahre später kommt sie wieder zu ihrer Familie zurück und kurz danach bringt sie sich um. Ist das nicht traurig?!" Luci bekam glasige Augen.

„In der Tat." Auch Pascal sah nun ganz bedröppelt drein.

Selbst Louis´ gute Stimmung war schlagartig verschwunden. Verstohlen blickte er zu Regina. Er verstand nun die Gründe für ihren finsteren Blick und trotzdem fröstelte ihm vor der Kälte der alten Frau. Schon wieder hatte er eine aufwühlende Geschichte über die Nordstrander Gemeinde gehört. Das Dorf brachte offensichtlich nichts Gutes hervor. Dass er sein Kindheitsidyll so friedvoll wahrgenommen hatte, schien ihm nun völlig verfälscht. Der Ort hatte etwas Böses an sich. Nächtliche Verfolger mit toten Krähen, brutale Angreifer, Moorleichen, verschwundene Personen, Selbstmord. Und über nichts war in den Artikeln der Tageszeitung berichtet worden. Man vermied dort offensichtlich jegliche Negativschlagzeilen, um Nordstrands Urlaubsparadies-Image nicht zu gefährden.

„Und war Heinrich auch hier, als Marit sich das Leben

nahm?" Pascals Frage riss ihn aus den trübsinnigen Gedanken.

„Heinrich? Was hat der denn jetzt damit zu tun?" Margarethe war völlig überrascht.

„Maggie, merkst du nicht, dass die Jungs schon wieder ermitteln." Luci gluckste belustigt. Pascal und Louis ließen den kleinen Gieks unkommentiert.

„Ach so. Hatte ich vergessen, Luci. Nein, Heinrich hat zu dieser Zeit nicht hier gelebt. Er hat Nordstrand schon vor vierzig Jahren verlassen. Soweit ich weiß, hatte er in Hamburg gewohnt. Erst als seine Eltern verstarben, war er nach Nordstrand zurückgekehrt, um die Arbeit seines Vaters als Leuchtturmwärter fortzuführen. Das war vor zirka zehn Jahren. Da war Marit schon lange tot."

„Vor vierzig Jahren also." Louis warf einen Blick zu Pascal und der verstand. Vor vierzig Jahren wurde die Todesanzeige von Anna-Marie gedruckt. Und im selben Jahr verlässt Heinrich das Dorf.

„Aber es würde mich nicht wundern, wenn Heinrich ebenfalls einer der vielen Verehrer von Marit gewesen war."

„Niemals, Luci. Der war doch nie hier im Gasthaus."

„Seit wir ihn kennen nicht, aber früher offensichtlich schon." Luci deutete auf eines der vielen verblichenen Bilder an der Wand. Es zeigte eine fröhliche Runde Männer, die mit Bierkrügen am Tresen standen. Sie hatten Papphüte auf und waren mit Luftschlangen behangen. *Silvesterabend 1983/1984* stand unter dem

Foto.

„Und das ist Heinrich." Luci deutete auf einen jungen Mann mit Schnauzbart und Koteletten. Er sah lebensfroh aus. „Und hinter dem Tresen steht Marit mit ihrer Mutter." Luci deutete auf eine wesentlich jüngere, aber genauso verhärmte Version von Regina und einem zierlichen Mädchen mit dunklen Locken. Sie war gekleidet, wie eine erwachsene Frau, obgleich ihr Gesicht noch sehr mädchenhaft wirkte.

„Sie sieht überhaupt nicht depressiv aus", stellte Pascal mit traurigem Tonfall fest.

„Ja gut; man sieht nur einem Bruchteil der depressiv erkrankten ihre Schwermut an. Vielleicht war sie aber zu dem Zeitpunkt auch noch gesund", überlegte Margarethe. Louis betrachtete das Bild ebenfalls genau. Die junge Marit lächelte verträumt in die Männerrunde vor dem Tresen. Auf den ersten Blick schien sie genauso fröhlich, wie die anderen. Aber ganz vage meinte Louis einen traurigen Schatten auf ihren dunklen Augen erkennen zu können.

Bald darauf verließen sie das Gasthaus. Es hatte begonnen in dichten Schlieren zu Regnen. Mit hoch gezogenem Kragen hakte sich Maggie bei Luci ein, die schützend einen Regenschirm über sie beide hob. Den zweiten Schirm teilten sich Pascal und Louis.

„Wollen wir auch?" Er blickte ihn mit seinen treuen Rehaugen an und hakte sich, ohne die Antwort abzuwarten, bei Louis ein.

*

Am nächsten Tag hatte sich der Regen verzogen. Die Straßen und Wiesen waren noch feucht, aber die Sonne begrüßte mit einem eindrucksvollen Lächeln den frühen Vormittag. Louis hatte es sich vor dem Haus auf der Bank zwischen den Rosenbüschen bequem gemacht und genoss die Vormittagssonne. Von Zeit zu Zeit warf er einen ziemlich mitgenommenen Tennisball weit über den Hof, dem Rufus im Schweinsgalopp hinterher spurtete. Schwanzwedelnd apportierte er den vollgesabberten Ball und freute sich überschwänglich über das eintönige Spiel.

1984, überlegte er. Ein unheimliches Jahr. Anna-Marie Holm wird ermordet. Der Täter wurde nie gefasst. Heinrich verlässt im selben Jahr seinen Heimatort. Vielleicht aus Kummer über den Verlust seiner Schwester. Oder Schuldgefühle. Wusste er etwas über den Mord? Oder war er darin verwickelt? Und nun war wieder eine Leiche im Moor gefunden worden und Heinrich war wieder verschwunden. Wer war die junge Frau? Warum war sie nicht vermisst? Louis war überzeugt davon, dass die Antwort auf ihren grausigen Fund im Moor und Heinrichs jetzigem Verschwinden, in dem Jahr 1984 lag. Das Datum tauchte bei ihren Ermittlungen zu häufig auf. Auch Marit hatte im Jahr 1984 Nordstrand für zwanzig Jahre verlassen. Vielleicht freiwillig, vielleicht wurde sie auch von ihren Eltern dazu gezwungen. Womöglich war sie damals schon schwermütig. Hatte sie bereits 1984 versucht sich das Leben zu nehmen? War sie womöglich für zwanzig Jahre in eine Anstalt gesperrt worden?

„Guten Morgen." Pascal schlenderte gerade die Einfahrt zum Hof herein. Er streichelte Rufus zur Begrüßung über den Kopf und gab Louis ein Küsschen auf die Wange.

„Was machst du denn schon so früh hier?" Louis war verwundert, freute sich jedoch über den Überraschungsbesuch und die zärtliche Begrüßung.

„Ich wollte dir kurz einen guten Morgen wünschen. Leider muss ich später zu meiner Schicht ins *Kaffeehaus*, aber wenn du magst, können wir vorher noch einen Spaziergang mit Rufus unternehmen."

„Gute Idee." Louis freute sich. Dass er Pascal den gesamten Nachmittag nicht sehen würde, störte ihn. Er hatte sich seit ihrem Kennenlernen so sehr an ihre Zweisamkeit gewöhnt, dass er den süßen Burschen später bestimmt vermissen würde. Vielleicht würde er seinen Tanten nachmittags auf dem Hof helfen. Das lenkte ihn bestimmt für eine Weile ab. Oder er besuchte Pascal im *Kaffeehaus* auf ein Stück Kuchen… Ja, die Idee gefiel ihm besser!

Kurze Zeit später schlenderten die beiden Freunde gemächlich nebeneinanderher. Ihre Route führte sie zunächst an den verträumten Höfen des kleinen Bauerndorfs und später an den üppigen Kuh- und Schafweiden vorbei. Der Wind frischte auf und am Horizont türmten sich schon wieder dichte Wolken über dem Meer. Es war nur eine Frage der Zeit, bis sie das Land mit ihrem Grau bedecken würden.

„Ich fand den Abend gestern sehr schön mit dir", gab Louis schüchtern zu.

„So ging es mir auch. Besonders der Heimweg hat mir sehr gefallen." Pascal zwinkerte. Der gemeinsame Spaziergang nach Hause, eng aneinander unter dem Regenschirm, war der intimste Moment des Abends gewesen. Er hatte sich sogar bei Louis eingehakt. „Aber verstehe mich bitte nicht falsch. Der Abend mit deinen Tanten war insgesamt total gelungen. Die zwei sind wirklich zuckersüß. Ich habe mich sehr wohl mit ihnen gefühlt. Wir waren eine lustige Gemeinschaft, findest du nicht?!"

„Absolut!", bestätigte Louis – insbesondere meinte er damit allerdings den Nachhauseweg. „Haben wir eigentlich schon als Kinder miteinander gespielt? Ich kann mich an dich überhaupt nicht erinnern, obwohl ich nahezu sämtliche Ferien hier verbracht habe."

„Stimmt, das ist seltsam. Ich kann mich an dich ebenfalls nicht erinnern. Vielleicht liegt es daran, dass die Ferien in Schleswig-Holstein zu anderen Zeiten stattfinden als bei euch im Süden."

„Hmm", brummte er zustimmend.

Ihr ausgedehnter Spaziergang führte die Jungs bis weit hinter die letzten Bauernhöfe, über Nordstrands feuchte Wiesen. Die hohen Grashalme lagen, beschwert vom Regen der Nacht, auf die Seite gekämmt und erinnerten an sanfte Meereswogen, allerdings in grün. Nebliger Dampf stieg in der Morgensonne daraus empor. Trotz des klaren Himmels war die Luft so kalt, dass der Atem darin kondensierte. Doch in Louis´ Brust loderte ein warmes Herz. So wohl hatte er sich selbst mit Milan, seinem Expartner, nicht gefühlt. Pascal war ihm ein lieber und vertrauter Begleiter geworden. Instinktiv griff er nach seiner Hand, die dieser bestätigend drückte. Louis hatte lediglich eine Weile mit Pascal Händchen halten wollen, um an den gestrigen Abend anzuschließen, doch Pascal gab sich damit noch lange nicht zufrieden. Er verstand Louis´ Annäherung als Einladung, zog ihn sanft zu sich heran und wagte sich ihm mutig zu nähern. Seine Lippen öffneten sich einen Spalt breit und schließlich berührten sie Louis zart auf den Mund.

„Ist das okay?", flüsterte Pascal. Seine Augen glitzerten in der Sonne.

„Mehr als…!" Louis schloss die Augen und erwiderte die Zärtlichkeit. Süß schmeckte Pascal– nach Butterkuchen und Kaffee. Und liebevoll und warm war er. Rufus kam angesprungen und bellte die beiden Freunde eifersüchtig an, weil er bei ihrem Spiel ausgeschlossen wurde. Doch nichts konnte die beiden voneinander lösen. Und so hörten sie auch nicht die Fahrradklingel, die in der Ferne energisch nach ihnen leutete.

„Juuungs...", rief es über die Wiese. Wieder Geklingel. Und noch einmal. „Juuuungs."

Endlich hatte der fremdartig und nicht zu der Atmosphäre passen wollende Lärm die Aufmerksamkeit der verliebten Jungen erreicht und als sie aufsahen, erblickten sie den Ortspolizisten, der ihnen energisch herüberwinkte.

„Kommt mal her. Ich habe etwas für euch."

Pascal und Louis erkannten den Polizeibeamten wieder, der ihren gruseligen Fund im Moor aufgenommen hatte.

„Guten Tag, die Herren", begrüßte er die neugierig gewordenen jungen Männer. „Habe ich doch richtig gesehen, dass ihr es seid. Wir haben die tote Frau aus dem Moor identifiziert. Ich dachte, das würde euch interessieren." Er machte eine vielsagende Pause, sichtlich stolz den Fall aufgeklärt zu haben.

„Uuund?!" Die Jungs feuerten ihn an, dringlichst weiterzusprechen und feierten insgeheim sein unprofessionelles Verhalten.

„Es handelt sich um Katharina Stenzel, aus Neumünster. Sie war nach einer Reise nicht mehr zurückgekehrt und schon einige Zeit als vermisst gemeldet. Heute Morgen waren ihre Eltern da und haben uns die Identität des jungen Mädchens bestätigt.

„Das ist ja traurig." Pascal knickte trist zusammen.

„Gibt es denn irgendeine Verbindung zu Nordstrand?" Louis´ Verstand schaltete sich sofort messerscharf ein. Der Polizist blickte nur fragend drein.

„Na, sie wissen schon, hatte diese Katharina Stenzel hier Verwandte oder Freunde, die sie besucht hatte? Oder gibt es eine Information, was das Mädchen hierhergeführt hat?"

„Na, sie wird hier wohl Urlaub gemacht haben." Der Fall war für den Ortspolizisten sonnenklar. „Nordstrand hat viel zu bieten, wenn man sich mal dem Stadtlärm entziehen möchte. Hier bei uns kann man wunderbar entschleunigen und die Menschen sind alle sehr freundlich."

„Ja, es ist geradezu mörderisch schön hier." Louis wurde zynisch. Der Beamte verstummte und musterte den forschen Jungen misstrauisch. „Habt noch einen angenehmen Tag, Jungs. Und zieht den Kragen hoch, der Wind frischt auf. Glaubt mir, wenn ich sage, dass es heute noch ein Unwetter gibt." Er verabschiedete sich rasch und radelte davon.

„Wie ist der denn Polizist geworden?" Louis ließ seiner Empörung über die Phlegmatik des Beamten freien Lauf. „Hier ist nach fast vierzig Jahren wieder ein Mord an einem jungen Mädchen begangen worden und der Typ ignoriert sämtliche Hinweise. Den interessiert doch nur, dass sein Ostfriesentee nicht kalt wird. Ich könnte aufstampfen, Pascal."

„Das Problem ist, dass wir keine Beweise haben. Wir haben nur Vermutungen, aber nichts Konkretes." Pascal steckte seine kalten Hände in die Jackentaschen. Der Beamte hatte recht behalten. Der aufkeimende Wind trug zunehmend dicke Wolken von der See übers Land. Die Luft wurde feucht und die Kälte bahnte sich spürbar ihren Weg in die Glieder. Selbst die Schafe am Waldrand in der Ferne drängten sich dichter zusammen. Pascal sah auf seine Uhr.

„Ich muss dann leider demnächst zurück. Meine Schicht im *Kaffeehaus* beginnt bald."

„Ach schon? Wie schade. Ich fand den Morgen sehr schön mit dir." Louis wandte sich sichtlich enttäuscht seinem Freund zu.

„Ich fand es auch sehr schön mit dir." Er befeuchtete sich die Lippen und schenkte ihm einen langen Kuss, indem sich ihre Zungen liebevoll balgten.

„Hey, komm mich doch am Nachmittag besuchen. Ich halte auch eine Tasse Kakao für dich bereit", schmunzelte er smart. Doch ehe Louis der Einladung zustimmen konnte, erweckte eine rote Zeichnung auf einem Grenzstein seine Aufmerksamkeit.

„Was hat das zu bedeuten?"

Er schritt auf das Artefakt zu, wo mit flammender Farbe merkwürdige Symbole in drei ineinander verlaufenden Kreisen abgebildet waren. Eine fremdartige Schrift ergänzte die eingezirkelten Halbmonde und Pentagramme.

„Sieht aus, als wären wir hier auf Hexenland."

„Jetzt fang du bloß nicht auch noch an, wie die alte Schreckschraube Regina." Louis´ Stimme wurde dünn.

„Ich meine das ernst. Hinter dem Tannenwald liegt die alte Schäferei. Und da drüben weiden die Schafe. Es ist wohl eine Art Landmarkierung. Vielleicht sollen die Symbole ungebetene Eindringlinge fernhalten. Ich wette, bei den meisten Ortsbewohnern funktioniert das auch", erklärte Pascal. „Vergiss nicht, wie abergläubig wir hier auf dem Land sind."

„Wir??? Beziehst du dich da etwa selbst mit ein?"

„Ich denke, dass die Existenz einer gewissen Magie oder Hexenkräften realer sein könnte, als manch einer zugeben mag." Er grinste allwissend. „Komm, lass uns gehen.... Bevor uns die Hexe heimsucht." Er lachte diabolisch und rieb sich dabei die Hände.

„Geh du ruhig. Rufus und ich werden uns hier noch etwas umschauen. Wir sehen uns später im Café."

*

Graue Wolken zogen unheilverkündend über seinen Kopf hinweg, als Louis sich zögerlich der Schafherde näherte, und mit jedem Schritt auf den feuchten Weiden tiefer in unbefugtes Territorium eindrang. *Hexenland* hatte Pascal es genannt. Und tatsächlich lag eine merkwürdige Spannung in der Luft, als wäre die Landschaft von einer Art Zauber umgeben. Schwarze Krähen waren schreiend davongeflogen, als er die Grenzsteinmarkierung überschritten hatte. Eine mysteriöse Kraft schien sein Eindringen anzukündigen. Louis fühlte sich zunehmend erspäht, je weiter er sich dem Waldrand näherte. Ja, selbst die Schafe hatten mit dem Fressen aufgehört und beäugten ihn misstrauisch. Auch Rufus ließ sich nur widerwillig zum Waldrand führen. Immer wieder blickte er zurück zur Straße und warf Louis anschließend einen mehr als skeptischen Blick zu, warum sie noch immer weiter in die falsche Richtung liefen. Dann wiederum ließ er sich zurückfallen und beschnüffelte länger als gewöhnlich Steine und Büsche, fast, als wolle er damit vom Weitergehen ablenken. Doch Louis ließ sich von der Skepsis des Hundes nicht abhalten und steuerte über einen Trampelpfad geradewegs in den dunklen Wald hinein. Das dichte Blattwerk der Tannen und Eiben schluckte beinahe alles verbliebene Licht. Dicke Wurzeln türmten sich auf dem Weg, als wollten sie ihn am Voranschreiten aufhalten. Intensive Gerüche

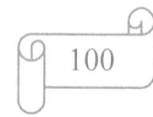

von Baumharz und vermodertem Holz begleiteten ihn nun durch die Dunkelheit. Der gesamte Wald ruhte in einer unwirklichen Stille. Weder der pfeifende Nordwind noch das Krächzen der Raben waren hier zu hören. Alles schlief in einer Glocke aus dumpfer Geräuschlosigkeit. Der Tann hatte alles Leben geschluckt. Dröhnend zerbarsten dagegen morsches Gezweig und alte Hutzeln unter Louis´ Gewicht. Rufus hatte den Schwanz eingezogen und blickte ängstlich in alle Richtungen. Er wollte nun kaum noch weiterlaufen und stemmte sich stur gegen die Leine.

„Was ist denn los?" Rufus antwortete mit einem aufheulen, das Louis nur selten bei seinem kleinen Freund gehört hatte.

„Ich hatte gehofft du bist etwas mutiger als ich." Er nahm den verunsicherten Hund auf den Arm. Der kleine Kerl zitterte nun am ganzen Körper. Hastig kratzten die kleinen Pfoten an Louis´ Winterjacke.

„Ist ja gut." Er beruhigte seinen kleinen Gefährten und öffnete den Reisverschluss. Sofort huschte Rufus hinein, verschwand wie ein Kängurujunges im Beutel seiner Mutter, und vergrub sich schützend an Louis´ Herz. Allmählich ahnte er, weshalb Rufus so sonderlich reagiert hatte. Er entdeckte, dass der Wegesrand an einigen Stellen mit Pfefferduftmarkierungen präpariert worden war. Er mochte sich kaum vorstellen, wie unangenehm der scharfe Geruch Rufus beim Beschnüffeln des Bodens gereizt haben musste. Jemand wehrte sich wohl gegen ungebetenen Besuch auf vier

Pfoten. Nun, da Rufus tief in der Jacke sicher geschützt war, beruhigte er sich allmählich. Louis zwang sich seinen Weg durch die unheimliche Stille des Waldes fortzusetzen. Im Zwielicht der Schatten erkannte er sonderbare Gesichtsformationen auf den dicken Stämmen der Bäume. Manche waren durch Flechten und Kerben der rissigen Rinde auf natürliche Weise entstanden, andere waren aufgemalt, und wiederum andere waren aus Hölzern und Hutzeln angefertigt worden. Unheimlich waren die Grimassen. Ihre hohlen Blicke folgten ihm. Und als er schon mit sich rang, den Rückweg anzutreten, bevor er sich endgültig verlief, erblickte er endlich in der Ferne Tageslicht. Louis lief rasch zu dem sonnendurchfluteten Ausgang und als der Pfad endlich auf einer hellen Lichtung endete, erblickte er das Grundstück der Schäferin. Wider Erwarten fand er kein windschiefes Hexenhaus vor, dass von zweidutzend Krähen umkreist wurde, sondern ein typisches, beinahe süßes Nordhaus, mit kalkweißen Wänden, kleinen Fenstern und einem üppigen, reetgedeckten Dach. Eine Hand voll Obstbäume trugen ihre letzten Früchte und der aufkommende Wind spielte mit dem feinen Haar der Birken. Alles war hell und von saftig grünen Wiesen umgeben. Louis atmete auf. Auch Rufus streckte nun neugierig seine Schnauze aus der Jacke, behielt es sich jedoch vor, sein sicheres Versteck noch nicht zu verlassen.

Ruhig war es hier. Ein wenig Insektengebrumme, ein

wenig Wind in den Bäumen, ein blökendes Schaf. Ansonsten war die alte Schäferei vom Rest der Welt vollkommen isoliert. Niemand würde es wagen die schweigende Stille des Waldes zu durchschreiten, der das Areal der Schäferin wie ein Schutzwall umgab. Auf den ersten Eindruck wirkte das landwirtschaftliche Gehöft nicht viel anders als der Lebenshof seiner Tanten. Etwas weniger gepflegt womöglich, obwohl um das gesamte Haus ein schöner Bauerngarten angelegt war, auf dem neben besagten Obstbäumen, sich allerlei Gemüse, wie Stangenbohnen und Kohl, mit bunten Zierblumen und Gartenkräutern abwechselten. Ein paar Hühner pickten auf den brackigen Wegen nach Futter und ließen sich dabei von dem fremden Eindringling nicht stören. Unweit vom Haus befand sich eine kleine gemauerte Stallung, an dessen Wand allerlei Gerätschaften der Landwirtschaft hingen. Neben Heugabeln, Schurwerkzeugen und Schleifsteinen, erkannte Louis auch eine beachtliche Ansammlung größerer und kleinerer Sensen. Aus dem Scheunenboden über dem Stall quoll frisch gemähtes Heu, das die Tiere im Winter versorgte. Vermutlich hatte die Schäferin dieses direkt von den saftigen Wiesen der Lichtung eingefahren.

Besonders charmant fand er auch die Feuerstelle mit dem Holzofen, aus dem noch der Duft von frisch gebackenem Brot zu erahnen war. Soweit wirkte das Gelände ursprünglich und schön. Und obwohl alles auf den ersten Blick recht friedlich erschien, entdeckte

Louis auch immer wieder Sonderbares. So waren in das Haar der Birken merkwürdige Strohskulpturen geflochten worden, die unruhig im Wind baumelten. Manche ähnelten Menschen, andere erinnerten eher an Tiere. Und am Stamm des größten Baumes wachte der skelettierte Kopf eines Widders über den Hof. Später entdeckte Louis auch noch an anderen Stellen Knochen, Hufe und Köpfe, vermutlich von Schafen, vermutete er. Doch im Gegensatz zu den Forsthütten der Jäger, die häufig mit Tierpräraten und Geweihen geschmückt waren, wirkte der Fund auf Wolfruns Hof wenig trophäenhaft. Eine weitere Besonderheit zeigte sich nicht unweit der Feuerstelle, wo Louis eine Art Ritualstein vorfand. Auf dem tischhohen Findling waren mit blutroter Farbe runenartige Schriften und Symbole aufgemalt. Ähnliche Zeichen hatte er bereits auf dem Grenzstein vorgefunden. Nun wurde es ihm doch ziemlich unbehaglich zumute. Hatten die Leute im Dorf Recht behalten? War Wolfrun mit magischen Kräften ausgestattet, mit denen sie den Ort verfluchte? Ganz und gar sonderbar war es auf ihrem Hof. Pflanzen und Tiere schienen hier solch eine übernatürliche Kraft auszustrahlen, dass es Louis auf der Haut kribbelte. Selbst das Rauschen des Windes in den Bäumen klang bedrohlich und alarmierte ihn den Rückzug anzutreten, solange er dies noch vermochte. Doch nun war er schon so weit voran gedrungen, dass er die Schäferei nicht ohne neue Erkenntnisse verlassen wollte. Vielleicht würde er hier eine Spur von Heinrich entdecken. Louis beschloss einen Blick in die Stallungen zu wagen, schlich lautlos zum Scheunentor und schob die schwerfällige Tür beiseite, sichtlich darauf bedacht nicht mehr Krach dabei zu machen als unbedingt notwendig. Gerade als er vorsichtig ins Dunkle hineinspähte, packte ihn eine grobe und kräftige Hand von hinten. Vor Schreck ließ er Rufus fallen, der auf den Rücken knallte und seine Schwierigkeiten hatte wieder hochzukommen. Ein eigentümlicher, krautiger Geruch ging von der Person hinter ihm aus, vermischt mit scharfem Alkohol. Louis versuchte sich aus der Umklammerung des Angreifers herauszuwinden, aber der Griff war so eisern, dass er sich kaum lösen konnte. Rufus hatte die Zähne gefletscht und knurrte bedrohlich. Doch der Angreifer hatte mit der freien Hand eine Mischung aus Chilipulver und Pfeffer in die Richtung des kleinen Hundes geworfen, so dass Rufus nun winselnd zurückwich, sich mit den Vorderpfoten die Ledernase rieb und heftig zu nießen begann. Jetzt wurde Louis richtig wütend. Wenn es gegen seinen heißgeliebten Hund ging, entfachte er selbst magische Superkräfte. Er wund sich und drehte sich und obwohl die eiserne Umarmung seines Angreifers unnachgiebig blieb, konnte Louis sich so weit lösen, dass er einen Blick auf die Person hinter ihm erhaschen konnte. Zwei trübe, ausdruckslose graue Augen blickten ihn durchdringend an. In das graue strähnige Haar der kleinen Frau waren Zweige und Hutzeln und kleine

Knochen eingeflochten. Louis schrak bei dem Anblick zusammen und wunderte sich gleichzeitig über die Kraft der zwar korpulenten, aber nicht besonders großen Schäferin. Vermutlich wendete sie eben diesen Griff bei ihren Schafen an, wenn es an die Schur ging. Nun konnte er sich gut vorstellen, wie hilflos sich die Tiere dabei fühlen mussten, blitze ihm dieser seltsame Gedanke auf. Noch während er sich darüber wunderte, schossen zwei rot bemalte Finger in die Höhe und landeten direkt auf seiner Stirn. Louis kniff die Augen zusammen und schrie panisch auf. Wollte ihm die Alte die Augen ausstechen? Würde sie ihn mit Zauberpulver erblinden lassen? Nie mehr würde er Pascals wunderschönes Lächeln sehen können. Er gefror zu Stein und fühlte sich ohnmächtig im Angesicht der dunklen Macht der Hexe. Er war eben noch nie besonders mutig gewesen. Als die erste Träne kullerte, ließ die gewalttätige Frau von ihm ab. Louis blieb noch eine ganze Weile erstarrt und hielt dabei die Augen fest verschlossen. Doch nachdem nichts mehr geschah, blinzelte er vorsichtig durch die Lider hindurch. Wolfrun hatte ihm den Rücken gekehrt und war bereits wieder auf dem Weg zu ihrem Hexenhaus. Louis zögerte keine Sekunde, schnappte sich Rufus und rannte, ohne sich noch einmal umzuschauen, auf den dunklen Wald zu. Jetzt schien ihm der unheimliche Tann gar nicht mehr schlimm, vielmehr behütete er vor den Angriffen der sonderbaren Schäferin. Er rannte so schnell er konnte. Schneller noch. Und obwohl er die Schäferei schon lange hinter sich gelassen hatte, sein Herz raste und die kalte Oktoberluft in seinen Lungen stechend schmerzte, hörte er nicht auf zu laufen, bis er am *Kaffeehaus* angekommen war, wo er keuchend und nach Luft ringend Pascal in die Arme fiel.

＊

„Es ist alles gut, Louis. Du bist hier in Sicherheit...“ So verstört hatte Pascal seinen Freund noch nie erlebt. Louis zitterte am ganzen Leib. Das Haar hing wirr und nass vor Schweiß in die Stirn. Auch Rufus schien verstört. „Jetzt setz dich erst einmal und ich bringe dir einen schönen Karamelltee.“

Louis konnte kaum antworten und rang nach Luft. Er hatte sich beim Spurt zum *Kaffeehaus* völlig verausgabt. Er war konditionell gut aufgestellt, doch ein erprobter Ausdauerläufer war er nie gewesen. Die Furcht hatte ihn jedoch zu ungeahnten Höchstleistungen beflügelt, denn er war die lange Strecke von der Schäferei bis hier her ohne Pause durchgerannt. Nun hatte er das Gefühl regelrecht zusammenzubrechen. Die Lunge schmerzte und seine Glieder hörten nicht auf zu zittern.

„Schau mal, ich habe dir extra noch ein großes Stück Sanddorntorte aufgehoben. Die hatte dir doch so gut geschmeckt.“ Pascal brachte Tee und Kuchen. Er hoffte, seinen Freund damit aufheitern zu können, doch der machte einen ganz und gar erbärmlichen Eindruck. Louis´ Adrenalinspiegel sank allmählich und räumte den Platz für all die Angst, die zuvor im Schock gedeckelt war. Nun kamen alle Emotionen voll zum Ausbruch. Seine Augen füllten sich mit Furcht und Tränen. Es tat gut, dass Pascal ihn nun in den Arm nahm und lange an sich drückte.

„Was ist das?" Pascal hatte ihm das nasse Haar aus der Stirn gestrichen und jetzt erst die rote Zeichnung darauf entdeckt.

„Das probiere ich dir doch die ganze Zeit zu erzählen." Louis lief eine Träne über die Wange. Er wünschte, er wäre etwas mutiger. „Ich glaube die Schäferin hat mich verhext." Er versuchte sich möglichst unauffällig die Wange mit dem Ärmel zu trocknen. Pascal betrachtete die rote Symbolzeichnung auf der Stirn seines Freundes, die der Markierung des Grenzsteins der Schäferin, auffällig ähnelte. Er erkannte das sternartige Pentagramm und die ineinanderlaufenden Kreise, die nun jedoch, statt der Monde und Runen, durch ein gehörntes Tier gefüllt waren.

„Ich dachte, du glaubst nicht an Magie?!" Pascal versuchte ihn zu beruhigen, war aber nun selbst auch verunsichert, was es mit der Kennzeichnung auf sich hatte. Es erinnerte ihn fast an die Brandmarkierungen der Pferde, die bei manchen Züchtern in der Region leider noch immer beliebt waren.

„Mach ich ja auch nicht, zumindest bislang. Aber irgendwas muss ihre Handlung ja bedeuten. Entweder sie wollte mich erblinden, oder sie hat versucht, mich zu verfluchen." Als er den Satz beendet hatte, bemerkte er, dass er sehr wohl an die Zauberkraft der Schäferin glaubte. Der ganze Hof war voller elektrisierender Energie gewesen. *Ja, womöglich war sie eine Hexe*, stellte er für sich fest. Der erste Bissen der leckeren Sanddorntorte vertrieb jedoch schon merklich den Glauben an Nordstrands übersinnliche Kreaturen. Der Karamelltee und der feine Kuchen wärmten ihn nun auf ganz unterschiedliche Weise.

„Der Kuchen tut gut!" Louis schmatzte mit vollen Backen. Langsam schien es ihm besser zu gehen.

„Ich habe dir noch etwas beiseitegelegt." Pascal brachte ihm sein absolutes Lieblingsgebäck, Nordstrander Nussecken. „Damit nun auch die letzten Tränen trocknen." Louis Wangen färbten sich beschämt purpurrot. Etwas verlegen nahm er das süße Geschenk und ärgerte sich, dass Pascal ihn schon wieder hatte weinen sehen. Bereits bei seinem Unfall im Moor hatte er seine Tränen nicht zurückhalten können. Er konnte doch nicht jeden Tag einen neuen Grund zum Weinen finden. So würde er Pascal wohl kaum für sich gewinnen können. Es wurde ihm schlagartig klar, wie sehr ihm daran gelegen war, den süßen Reiterhofjungen zu beeindrucken. Für einen Moment sah er ihm gebannt in die lieben, rehbraunen Augen. Auf den Bistrotischen flackerten weiße Stilkerzen, deren Flammen synchron zu den schönen Melodien der Pianomusik tanzten, die im Hintergrund spielte. Der heiße Tee machte ihm mit einem Mal einen ganz warmen Bauch, oder war etwa Pascal dafür verantwortlich? Er hatte sich rührend um ihn gekümmert und nun ging es ihm wieder gut. Alle Angst war mit einem Mal verflogen und auch Rufus hatte sich erschöpft zusammengerollt und stieß einen wohlig tiefen Schnauber aus.

„Das war wohl nicht sehr heldenhaft von mir." Er drückte Pascals Hand dankend für seine Hilfe. Der erwiderte liebevoll zurück.

„Ist schon okay. Ich hätte vermutlich ebenso reagiert." Sein Daumen streichelte über Louis' Handrücken. „Aber versprich mir, dass du nie mehr so eine Einzelaktion durchführst, okay?!"

„Versprochen!" Er nickte zustimmend.

„Und nun muss ich dir unbedingt noch etwas erzählen. Ich bin nämlich auf eine heiße Spur über die Tote im Moor gestoßen."

„Katharina Stenzel?!" Louis wurde nun hellhörig.

„Ja, genau die", stimmte Pascal zu. „Katharina Stenzel war Studentin an der Christian-Albrechts-Universität zu Kiel, wo sie Geschichte und Philosophie studiert hatte. Und über ihre regen Aktivitäten auf den sozialen Netzwerken habe ich folgendes Foto von ihr entdeckt." Pascal schob ihm sein Smartphone über den Tisch, auf dem das Facebook-Profil von Katharina Stenzel geöffnet war.

„Eine hübsche, junge Frau", stellte Louis fest. „Wirklich traurig, dass sie so früh ihr Leben verlor."

„In der Tat." Nun blickte auch Pascal etwas schmerzlich drein. „Sie war gerade dabei ihre Doktorarbeit zu schreiben, also noch mitten im Leben... Aber fällt dir noch etwas auf dem Foto auf?"

„Hm..." Louis grübelte. „Kommt mir irgendwie bekannt vor. Wo ist das? In Nordstrand?"

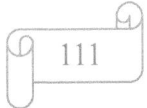

„Nein, das Foto ist in Uetersen entstanden."
„Uetersen...Nie gehört."
„Genauer gesagt in dem Kloster von Uetersen."
„Du bist ein Genie!" Louis hätte seinen Freund am liebsten geküsst. Schlagartig wurde ihm klar, woher er den Ort kannte. Sie hatten ihn beide bereits zuvor gesehen. Auf dem Schwarz-Weiß-Foto der Nonnen, das sie bei Heinrich gefunden und nun verloren hatten.

Am Abend hatte es wieder zu regnen begonnen. Erst leicht, später so kräftig, dass Louis völlig durchnässt bei seinen Tanten daheim ankam. *Kein Tag ohne Regen in Nordstrand*, dachte er bei sich. Die Vormittage begannen meist sonnig klar, doch bald schon wurde es dunkel und ungemütlich, und dicke Wolkendecken verkürzten den Tag. An den böigen Wind konnte er sich noch aus seinen Kindertagen erinnern. Er hatte ihn oft genutzt, um Drachen steigen zu lassen, aber die vielen dunklen Wolken hatte er aus seinem Gedächtnis verdrängt. Hatte er Nordstrand in seiner Erinnerung falsch abgespeichert, mit den abenteuerlichen Grillabenden, dem Versteck spielen auf dem Hof mit den anderen Kindern, den fröhlichen Kutschfahrten und dem Ponyreiten im Sonnenschein?! War er vielleicht immer nur zur Sommerzeit hier gewesen, oder war Nordstrand seit seinem letzten Besuch dunkler geworden? Vielleicht sah er den Ort nun so, wie er war, mit all seinen finsteren Geheimnissen und dem harten Lebensalltag der Nordstrander Gemeinde. Das trübe Schicksal schien mit seinen fahlen Fingern allen Bürgern des Ortes Leid und Unglück zugefügt zu haben. Hinter den gepflegten Fassaden der nordischen Häuser und den idyllischen Bauernhöfen lauerte das Pech und der Frust in den Wohnstuben. Louis hatte genug von dem aufreibenden Tag. Er hatte sich seinen kuscheligsten Schlafanzug angezogen, die warmen

Ringelsocken seiner Tanten übergestreift und betrachtete sich eingehend im Spiegel an der kleinen Waschstelle in seinem Zimmer. Ganz leicht waren noch die Reste der roten Farbe zu erkennen, mit der Wolfrun ihn zu verhexen versucht hatte. Diese merkwürdige Frau, mit ihren vielen Symbolen und Hexenzeichen rings um das Gehöft. Louis wusch sich energisch die Stirn und hatte dennoch den Eindruck, das Symbol weiterhin schwach durch die Haut schimmern zu sehen. Nachdem er sich durch das manische Waschen bereits völlig rot gerubbelt hatte, gab er schließlich verzweifelt auf. Auf dem Nachttisch leuchtete sein Telefon hell. *Eine weitere WhatsApp von Pascal*, freute er sich. Seit er das Café verlassen hatte, schrieben sie sich unentwegt Nachrichten hin und her.

Ich vermisse dich. P.

Wie lieb. Ich denke an dich, wenn ich gleich schlafen gehe. Ich bin ziemlich fertig von dem Tag. L.

Verständlich, du warst ganz schön mitgenommen. Aber gut, dass es dir wieder besser geht. P.

Nur wegen dir. Du warst einfach großartig. Vielen Dank noch mal für deine Hilfe. L.

Louis legte sich ins Bett und wartete auf die Antwort seines Freundes. Er schaltete das Radio für sein allabendliches Ritual ein, dem er immer noch eine Weile vor dem Einschlafen lauschte. Der Moderator des hiesigen Senders hatte so eine angenehm beruhigende Stimme und die lauschige Musik wog ihn stets in wohliges Schlummern. Es verging eine Minute, dann zwei. Keine Nachricht mehr von Pascal. Nun war er etwas enttäuscht darüber, dass der Nachrichtenaustausch geendet hatte und entschloss sich noch eine letzte WhatsApp zu versenden, bevor er endlich schlafen ging.

*Ich leg' mich dann ab. Sehen uns morgen. Gute Nacht. Hab dich lieb. L.

<Hab dich lieb. L.> Er hatte mehrfach den Schlusssatz gelöscht und dann doch wieder eingetippt, bis er schließlich die Nachricht unter heftigem Herzklopfen an Pascal abgesendet hatte. Wenn der nun abermals nicht darauf reagierte, würde ihm sein Gefühlsausbruch ganz schön peinlich werden. Er starrte flehend aufs Telefon. Keine Antwort. Ob Pascal schon schlief? Oder hatte er mal wieder keinen Empfang. Er schaltete das Telefon auf Flugmodus und wieder zurück, sah dabei zu, wie sich das Netzsymbol aufbaute und wartete gespannt, ob nun eine Nachricht eintraf, als es plötzlich gegen sein Fenster klopfte... Rufus war sofort blitzwach und bellte bedrohlich. Louis wurde nun ganz bleich. Erhielt er schon wieder nächtlichen Besuch eines Unbekannten? Rasch losch er das Licht, um besser in die Dunkelheit hinaus spähen zu können. Vor dem Fenster bewegte sich ein dunkler Schatten. Louis erkannte deutlich die Silhouette eines Mannes. *HEINRICH!* Schoss es ihm durch den Kopf. *Er kommt, um mich zu holen.* Es klopfte erneut. Diesmal etwas energischer. Louis wagte ein paar Schritte näher

heran und erspähte zwei dunkle Augen, die durch die Glasscheiben lugten und den Raum absuchten. Todesmutig sprang er zum Fenster und riss es mit einem Ruck auf. Schreie, vor und hinter dem Rahmen, gellten durch die Nacht.

„Sag mal spinnst du?" Pascal hielt sich ans Herz. „Du hast mich fast zu Tode erschreckt."

„Und du mich erst! Was...was machst du hier? Warum beobachtest du mich?" Louis fragte sich unwillkürlich, ob Pascal ihm auch vor ein paar Tagen am Fenster aufgelauert hatte. Er fand allerdings keine plausible Erklärung dafür.

„Ich wollte dich überraschen, und hatte gehofft, du lädst mich ein, reinzukommen." Pascal blickte nun ganz lieb drein und Louis´ absurdes Misstrauen verflog. „Klingeln konnte ich ja schlecht um diese Uhrzeit. Deine Tanten schlafen sicherlich schon", erklärte er sein abenteuerliches Erscheinen.

„Ja, schon gut. Komm rein. Ich freue mich, dass du hier bist."

„Süß siehst du aus." Pascal begutachtete ihn verschmitzt von oben bis unten und erst jetzt fiel ihm erschrocken auf, dass er in Maggies Ringelsocken und seinem nicht ganz so modernen Kuschel-Schlafanzug wohl einen lächerlichen Anblick abgab. Er hatte ja schließlich nicht mehr mit Besuch gerechnet. Schamesröte färbte seine Wangen. Pascal zog sich unterdessen bis auf die Unterwäsche und ein T-Shirt aus und hüpfte unter die Bettdecke. Der Kontrast zwischen dem modernen Reiterhofjungen und ihm hätte nicht größter sein können, mutmaßte Louis.

„Na komm oder magst du in der Kälte stehen bleiben." Pascal klopfte neben sich auf die Bettseite. Louis schluckte aufgeregt. Er hatte überhaupt nicht damit gerechnet, dass er seinem Freund heute noch so nahekommen würde. Über Pascals spontanen Besuch freute er sich riesig, aber gleichzeitig begann es auch merkwürdig in seinem Bauch zu kribbeln. *Jetzt bitte keine Blähungen bekommen*, sendete er ein stilles Gebet gen Himmel. Sofort nachdem er zu Pascal unter die Decke gekrochen war, zog dieser ihn nahe an sich ran und streichelte ihm zärtlich über die Arme. Sein Shirt roch nach Weichspüler und er selbst so wunderbar nach jungem Mann. Leider fühlte sich auch Rufus zur Kuschelstunde eingeladen, quetschte sich mitten zwischen die Jungs und ließ sich keinen Zentimeter mehr verschieben.

„Wahnsinn, wie schwer der sich machen kann. Der spielt doch jetzt hoffentlich nicht die Anstandsdame."

„Wieso? Möchtest du denn unanständig werden?" Louis zwinkerte vielsagend.

„Wer weiß?!", antwortete Pascal mit einem wunderschönen Lächeln. Es folgte ein sanfter Kuss, noch schöner als der vom Morgen auf den taufrischen Wiesen und doch lag darin eine gewisse veränderte Intensität. Rufus kommentierte die entstandene Unruhe mit einem genervten Schnauben und zog es schließlich vor, ungestört vor dem Ofen weiterzuschlafen, während die Jungs im Bett zunehmend kontaktfreudiger wurden. Bald schon ertasteten Louis´ Hände Pascals zarte Haut unter dem Shirt und wanderten neugierig über dessen schönen Körper. Allmählich zogen sie sich gegenseitig aus und schmiegten sich feste aneinander, Haut an Haut. Ihre Zweisamkeit wurde nun so energisch, dass Pascal schließlich die Kondome aus seiner Jacke zog, die er hoffnungsfroh eingepackt hatte. *Heute sollte die Nacht sein*, hatte er beschlossen, und in der Tat liebten sich die beiden Jungs leidenschaftlich und mit allen Sinnen.

„Wow, wir hatten Sex!", kommentierte Louis mit leuchtenden Augen die letzten heftigen Minuten mit Pascal. Auch dieser strahlte glücklich.
„Es war unglaublich schön!" Er küsste Louis bestätigend und zog sich noch näher an seinen Freund heran. Der Radiosender ließ die letzten Töne eines ruhigen Musikstücks ausklingen.
Hier ist Jörn Schreiber von Nordstrand Radio mit den Nachrichten zur Mitternacht...
„Schade, dass sie die Musik unterbrochen haben. Das war ein schönes Lied. Weißt du wie es hieß?"
„Vergiss das Lied, machen wir weiter, wo wir aufgehört haben." Pascal zog seinen Kopf wieder zu sich ran. Er mochte lieber noch ein wenig mit ihm postorgastisch Knutschen und Kuscheln. „Oder magst du lieber Musik hören, als mich zu küssen? Und wenn du

jetzt JA sagst, dann ziehe ich mich sofort an und gehe..." Er lachte und knuffte seinem Freund in die Seite.

... Das Atlantiktief versorgt uns auch die nächsten Tage mit wechselhaften bis stürmischen Wetter. Regenschirme nicht vergessen Freunde...

„Küssen!", bestätigte Louis und schürzte die Lippen. „Das würde ich nie eintauschen wollen."

„Da hast du ja gerade noch die richtige Antwort gefunden. Dein Glück, Louis."

... Und eben kommt noch eine ganz frische Meldung aus der Region. Der seit mehreren Wochen vermisste Leuchtturmwärter Heinrich H. wurde heute Abend tot aus dem Watt geborgen. Die Polizei vermutet, dass der greise Mann von der Flut überrascht wurde und ertrank. Obwohl sich die Untersuchung aufgrund der stark fortgeschrittenen Verwesung schwierig gestaltete, konnte Fremdeinwirkung nach ersten Erkenntnissen ausgeschlossen werden....

„HAST DU DAS GEHÖRT?!?"

Beide Jungs waren hochgeschnellt und drehten verzweifelt am Lautstärkeregler, doch *Nordstrand Radio* hatte bereits das nächste Musikstück eingespielt. Louis konnte es nicht fassen. Heinrich Holm war tot; und das offenbar schon längere Zeit. Das brachte seine ganze Theorie ins Wanken. Hatte er doch insgeheim fest damit gerechnet, dass der alte Leuchtturmwärter für die mysteriösen Vorfälle und insbesondere den Tod der jungen Studentin verantwortlich gewesen war. Immerhin gab es das Kloster als Verbindung zwischen den beiden. Auch wenn Louis noch nicht wusste, inwiefern sowohl Heinrich als auch Katharina Stenzel mit dem Kloster zu tun hatten. Louis hatte Heinrichs Verschwinden auf den Mord an Katharina zurückgeführt, so wie er auch vermeintlich nach dem Mord an seiner Schwester die Region kurzerhand verlassen hatte. So die These. Doch die neuesten Erkenntnisse sprachen gegen diese Theorie. Dass Heinrich im Watt von der Flut überrascht wurde, schloss er nach wie vor aus. Der erfahrene Leuchtturmwärter kannte sich mit den Gezeiten besser aus als jeder andere der Nordstrander Gemeinde. Da sein Todeszeitpunk ungewiss war, könnte er natürlich immer noch die junge Studentin ermordet und sich anschließend absichtlich in die Fluten gestürzt haben. Doch so recht wollte Louis nicht an diesen Tathergang glauben. Es gab immerhin noch eine weitere unbekannte Person, die die gesamte letzte Zeit aktiv gewesen war. Louis hatte bereits seit längerem das Gefühl, dass sie beobachtet wurden. Der Unbekannte hatte ihn bereits in der Nacht seiner Ankunft auf dem Bauernhof seiner Tanten aufgesucht, und später sogar Pascal vor Heinrichs Haus angegriffen. Dieser Jemand, so war Louis sicher, wusste um die Bedeutung des Schwarz-Weiß-Fotos vom Kloster Uetersen, denn er hatte es Pascal entwendet, als dieser bewusstlos vor dem Haus zusammengebrochen war – dessen war Louis sich nun sicher. Und dieser Jemand hatte obendrein sogar gewusst, wo sich Katharinas Leiche befand. Denn letztendlich hatte er die Jungs direkt zu ihr geführt. Doch warum tat er das? Spielte er mit den Hobbydetektiven ein Katz-und-Maus-Spiel?

„Katharina Stenzel und Heinrich Holm hatten ein gemeinsames Geheimnis", brach es aus Louis heraus. „Die Verbindung liegt im Kloster Uetersen. Heinrich hatte ein Foto davon, das dir entwendet wurde. Und Katharina Stenzel war dort ebenfalls vor Ort."

„Das stimmt wohl, aber du vergisst, dass Katharina erst viele Jahre später dort war."

„Das ist wahr." Louis war nun ausgebremst worden. „Aber was hatte sie im Kloster gewollt? Bei Heinrich wissen wir es nicht, aber gibt es bei Katharina einen Hinweis?"

„In ihrem Facebook-Post schreibt sie, dass sie für ihre Doktorarbeit vor Ort recherchiert hat. Ihr Arbeitsthema geht der Frage nach, inwieweit sich streng gläubige Frauen evolutionär weiterentwickelt haben. Also konkreter gesagt, ob sie im Vergleich mit den zeitgenössischen, modernen Frauen, in Sachen Gleichberechtigung Nachteile erleiden, oder gar selbstbestimmter und autonomer agieren. Also ich sehe da keine Verbindung mit Heinrich. Er hat nach jeder Tasse Tee mit Rum mehr geplaudert, aber die Autonomie der Frau war nie sein Steckenpferd gewesen."

„Noch fehlt uns ein entscheidendes Puzzleteil. Wir tappen hier noch ganz schön im Dunkeln." Louis kuschelte sich zurück in Pascals Arme und überlegte, wo sie weiter ansetzen konnten. In Gedanken schritt er nochmals durch Heinrichs Haus, das so ungewöhnlich aufgeräumt ausgesehen hatte. Fast wie in einem Heimatmuseum. Und auf einmal löste sich eine Gedankenlawine. Der frische Blumenstrauß mit der roten Schleife auf Heinrichs Tisch, die gleiche rote Schleife um die tote Krähe, die Kräuter mit der die Krähe eingewickelt war, die gleichen Kräuter, die auch unweit von Katharinas Leichnam in einem Kräutersträußchen an einem Busch baumelten, Wolfrun, die ihn mit roter Farbe bemalte... Moment, wie passte Wolfrun in die Assoziationskette...?

„Wir müssen zur Hexe!" Er erhob sich schlagartig aus seiner Kuschelhöhle. „Es ist nur ein Strohhalm, an den ich mich klammere, aber auf ihrem Grundstück sind mir einige Pflanzen aufgefallen, die ich auch schon an anderen Schauplätzen bemerkt hatte. Los komm, wir statten ihrem Hof einen Besuch ab!"

„Jetzt?" Pascal war irritiert. „Mitten in der Nacht? Vom Meer zieht schon wieder ein Gewitter auf. Sollten wir nicht bis morgen früh warten?"

Doch Louis war bereits in seine Jeans geschlüpft. Ab nun war sein Eifer nicht mehr zu bremsen.

*

Pascal hatte recht behalten. Die Nacht war stürmisch und bitterkalt. Die Jungs hatten ihre Kragen hochgestellt und trugen ihre Kapuzen bis tief in die Stirn. Finster war es, als sie an der Schafswiese mit den bemalten Begrenzungssteinen angekommen waren. Kein Mond war zu sehen, keine Sterne funkelten, nur dunkle Wolken am Himmel, die der Wind stetig landeinwärts schob. Einzige Lichtquelle waren die weit hinter sich gelassenen Straßenlaternen, an denen die Böen heftig rüttelten und die Taschenlampen aus ihren Smartphones, mit deren Hilfe sich die Jungs den Weg über das holprige Grasland bahnten. Vorsichtig schritten sie in Richtung Wald voran, der Wolfruns Hof wie eine dichte Mauer umgab. Bald schon war das erste leise Plätschern von fallenden Regentropfen zu hören. Rufus schüttelte sich. Er war schon immer ein Schön-Wetter-Gassi-Hund gewesen. Allerdings hasste er noch mehr das anschließende Trockenrubbeln mit dem Handtuch, wenn sie von einem feuchtnassen Spaziergang zurückkehrten. Nach der Tortur war er dann oftmals tödlichst beleidigt und würdigte Louis für kurze Zeit keines Blickes. Lediglich ein frischer Kauknochen konnte ihn dann noch besänftigen.

Sobald sie in den dichten Wald eingedrungen waren, wurde es still um sie herum. Selbst der aufkeimende Regen vermochte nicht durch das Dach der Nadelbäume durchzudringen. Louis nahm seinen Hund unter die Jacke, damit er nicht wieder mit dem beißenden Pfeffergeruch zu kämpfen hatte, den die gemeine Hexe überall ausgestreut hatte. Ein paar Nachtfalter wurden durch das Licht der Taschenlampen aufgeschreckt und wirbelnden lautlos und fahl im Schein umher. Ein Uhu war irgendwo im Dunkel zu hören und begleitete die Jungs auf ihrem Weg mit unheimlichen Rufen.

„Ich bin mir nicht sicher, ob mir das gefällt, Louis." Pascal sah sich unsicher um. „Und das alles wegen ein paar Kräutern? Ich fühl mich nicht wohl. Lass uns umkehren und morgen in der Frühe nochmal wieder kommen."

Auch Louis fühlte sich unwohl. Viel zu präsent war die Erinnerung an seine Begegnung mit der wunderlichen Wolfrun und schnürte ihm den Magen zusammen. Wenigstens war er diesmal nicht allein. Wortlos schritten die beiden Freunde Meter um Meter voran, begleitet von Pilzgerüchen des modrig faulenden Totholzes. Der Weg schien in der Nacht noch länger zu sein als am Tage. Doch so unheimlich die Situation auch war, es graute Louis noch mehr davor, was sie auf dem Gehöft der Hexe erwartete. Hatten die magischen Wegmarker oder das Geschrei des Uhus Wolfrun bereits vor den Eindringlingen gewarnt? Lauerte sie verborgen in einem Versteck, um sie mit ihrer magischen Fingerfarbe oder einer frisch geschliffenen Sense zu empfangen? Louis schluckte seine

Angst hinunter, als er vage das Ende des Waldwegs erblickte. Er konnte nur hoffen, dass Wolfrun, benebelt vom Schnaps, bereits in einen komatösen Schlaf gefallen war und sich die Jungs in Ruhe umsehen konnten.

„Nach was suchen wir denn eigentlich genau?" Pascal sah sich schaudernd um, nachdem sie die große Lichtung um das Gehöft erreicht hatten.

„Wir müssen einen Beweis finden, der Wolfrun direkt mit Heinrich Holm oder Katharina Stenzel in Verbindung bringt. Ein paar Kräuter werden da wohl kaum ausreichen."

Lautlos schlichen die Jungs um die Schäferei. Wolfrun schien bereits zu schlafen, denn es brannte kein Licht mehr in dem alten Bauernhaus. Die Hühner hatten sich ebenfalls zurückgezogen. Nur aus den Ställen hörte man vereinzelt das Blöken der Schafe. Der Regen hatte während ihres Marsches durch den Tann an Intensität zugenommen und prasselte nun laut in den Pfützen, die sich auf den schlammigen Wegen bildeten. Donnergrollen ertönte in der Ferne.

„Das bringt doch nichts", flüsterte Pascal, nachdem sie bereits eine Weile das Gelände abgelaufen hatten. „Ich kann kaum etwas sehen. Außerdem wird die Schäferin wohl nicht so dumm sein, ihre verräterischen Beweise im Garten liegen zu lassen." Er stapfte durch den Morast und stand knöcheltief in einer Pfütze. „Na toll. Langsam bin ich schon ganz aufgeweicht", nölte er im Flüsterton und schüttelte seinen nassen Fuß aus.

„Du hast recht. Hier draußen werden wir keine heiße Spur entdecken. Mein Besuch heute Mittag hat die Hexe sicherlich vorgewarnt."

„Nenn sie doch nicht immer so. Sie ist immer noch eine Schäferin. Wohl etwas eigen, bestimmt auch esoterisch, aber immerhin noch ein Mensch und kein Zauberwesen." So sehr Pascal auch die Harry Potter Romane mit ihrer fantastischen Welt von Hexen und Zauberern geliebt hatte, so gefiel ihm der Gedanke nicht besonders, dass sie mitten unter ihnen in Nordstrand lebten. Auch wenn sich Wolfrun mehr als sonderbar benahm, mochte er in ihr bitte nur eine merkwürdige Schäferin sehen. Vielleicht eine Heidin. Damit hätte er noch leben können. Ein dumpfes Klopfgeräusch riss ihn augenblicklich aus seinen Gedanken.

„Wa… Was soll das? Spinnst du?" Pascal konnte nur noch fassungslos zusehen, wie Louis den schweren Türknauf hob und mehrmals kräftig gegen die massive Eingangstür des Bauernhauses fallen ließ.

„Du hast recht, Pascal. Hier im Regen finden wir keine Beweise. Wir müssen in das Haus!"

Der Reiterjunge wurde nun ganz blass. Er hätte gerne Veto eingelegt oder wäre noch lieber fortgerannt, doch im Haus der Schäferin ging bereits das Licht an und eine kräftige Frau in einem schneeweißen Nachthemd öffnete die Tür.

*

„Entschuldigen Sie bitte die späte Störung", begrüßte Louis die müde wirkende Frau. Ihr Blick war
ausdruckslos und seltsamerweise wenig überrascht
über den späten Besuch. Das irritierte Louis für einen
kurzen Augenblick, denn vermutlich verirrten sich
doch eher selten Menschen zum Hof der Hexe. „Mein
Freund und ich wurden von dem Unwetter überrascht,
als wir unsere Nachtrunde mit dem Hund machten."
Er deutete auf Rufus. „Durch den dichten Regen haben wir uns nun komplett verlaufen", fuhr er fort,
während Wolfrun schweigend zuhörte. Wie auf Kommando begann es zu blitzen und donnern. Das spielte
Louis in die Karten. „Wir hatten gehofft, wir könnten
bei Ihnen für eine Weile Unterschlupf bekommen, bis
das Unwetter vorübergezogen ist. Schauen Sie uns
doch nur an: Wir sind von oben bis unten durchnässt
und es ist bitterkalt." Wolfrun durchbohrte die beiden
Jungs mit ihren ausdruckslosen grauen Augen, die
nicht verrieten, ob sich Mordgedanken dahinter ab-
spielten oder sie nur nochmal ihre Einkaufsliste
durchging. Wortlos drehte sich die Frau schließlich
um und ließ die Tür offenstehen, was wohl bedeuten
sollte, dass die beiden Jungs ins Haus kommen durften. Zögerlich und mit deutlich erhöhtem Puls folgten
Louis und Pascal der Hexe durch den spärlich ausge-
leuchteten Flur, dessen Wände mit unheimlichen
Tierpräparaten gespickt waren, deren tote Augen sie

auf dem Weg zur Küche verfolgten. Wolfrun deutete den Jungs schweigend an, sich an den Küchentisch zu setzen und stellte einen Teekessel Wasser auf. Ein großer aufgeschnittener Laib Brot lag auf dem Tisch, daneben ein scharfes Brotmesser. Louis platzierte sich so geschickt daneben, dass er im Falle eines Falles blitzschnell das Messer greifen konnte. Auch Pascal fühlte sich sichtlich unwohl in der Küche der sonderbaren Schäferin. Misstrauisch sah er sich in dem schmucklosen Raum um, der dämmrig und düster wirkte. Wolfrun war wohl keine besonders ordnungsliebende Frau, denn überall im Raum stapelten sich merkwürdig gefüllte Einmachgläser und von der Decke baumelten Würste, sowie getrocknete Kräuter- und Gewürzsträuße. Die Regale waren voller Bücher und Tiegel, und allerlei Küchenutensilien waren ohne erkennbares Ordnungssystem chaotisch verstaut worden. Immer wieder lugten mit Runen und Symbolen bemalte Steine und merkwürdig anmutende Holzskulpturen zwischen dem Chaos hervor. Kurz nachdem der Teekessel schrill pfeifende Töne von sich gab, brachte Wolfrun ihren nächtlichen Besuchern eine dampfende Kanne Tee.

„Vielen Dank. Das ist sehr freundlich, dass sie uns beherbergen", bedankte sich Louis. Obwohl er sich vor der sonderbaren Frau fürchtete, musste er unbedingt ihr Vertrauen gewinnen. Er war sich absolut sicher, dass die schweigsame Schäferin über wichtige Informationen verfügte. Die ersten Schlucke des heißen Kräutertees vertrieben allmählich die klamme Kälte, die durch die nasse Kleidung drang und es kam fast so etwas wie eine heimelige Atmosphäre in der kleinen, unordentlichen Küche auf. Dennoch wagte Louis es nicht Wolfrun auch nur eine Sekunde aus den Augen zu lassen.

„Ein wirklich schönes Haus haben Sie hier. Doch gewiss ein wenig einsam, so abgelegen vom Dorf. Vermissen Sie es nicht, unter den Menschen der Gemeinde zu sein?"

Die Schäferin ließ seinen kläglichen Versuch, sie zum Sprechen zu bewegen, abprallen und reagierte mit beharrlichem Schweigen. Stattdessen griff sie zum Brotmesser. Die beiden Freunde erstarrten augenblicklich. Doch statt eines blutrünstigen Angriffs schlenderte Wolfrun damit zum Küchenschrank, zog einen Teller Blechkuchen hervor und schnitt den durchnässten Besuchern schweigend jeweils ein großes Stück Butterkuchen ab.

Misstrauisch sahen sich die Jungs an, entschieden jedoch die freundliche Geste der stillen Hausherrin nicht abzulehnen. Eine herrliche Honigsüße breite sich im Mund aus, nachdem sie die ersten Bissen genossen hatten.

„Wirklich sehr lecker", lobte Pascal mit zittriger Stimme. Obwohl in der kleinen Hexenküche ein wohliges Klima herrschte, war ihm kalt zumute.

„Leben Sie denn hier ganz allein?" Louis ließ das Gespräch wieder aufleben. Doch nichts konnte das undurchdringliche Schweigen der Frau aufbrechen. „Vielleicht haben Sie ja öfter auch mal Besuch hier?", bohrte er ungeachtet der schweigenden Tatsachen unbeeindruckt nach. Irgendwann musste sie einfach reagieren, hoffte er inständig. Wolfrun blickte ihn nicht an. Eingesunken saß sie mit den Jungs am Küchentisch und starrte mit glasigen Augen auf das Brotmesser.

„Kennen Sie Katharina Stenzel?" Nun wurde Louis forscher. Er musste die Schäferin aus der Reserve locken. Pascal bekam große Augen. „Sie haben uns zu ihrer Leiche geführt", provozierte Louis weiter. Sein Freund neben ihm nahm nun eine Position ein, als wolle er jeden Moment aufspringen und zum Ausgang davon stieben. Die Schäferin blieb jedoch völlig unbeeindruckt. Mit verschlossenen Lippen und glasigem Blick starrte sie ins Leere, ehe sie schließlich aufstand und in der angrenzenden Wohnstube verschwand.

*

„Sag mal, spinnst du?" Pascal warf ihm sein risikofreudiges Verhalten vor, nachdem die Schäferin die Küche verlassen hatte. „Du bringst uns noch sprichwörtlich in Teufels Küche." Er sah sich in dem sonderbaren Raum um und hatte das Gefühl, dass sich das Sprichwort bereits bewahrheitet hatte. Doch Louis ließ sich nicht beirren. Er war einhundertprozentig sicher, dass er mit seiner gewagten These recht behielt. Wolfrun hatte sie zu Katharina Stenzels Todesort geführt und sie hatte ebenfalls die Kräutersträuße an den verschiedenen Tatorten abgelegt. Verräterisch hingen auch hier in der Küche kleine Sträußchen von der Decke, zusammengebunden mit selbiger Schleife. Aus irgendeinem Grund wusste Wolfrun über die Taten Bescheid. Womöglich hatte sie sie selbst ausgeführt, oder aber sie kannte und schützte den Täter. Warum aber hatte sie die beiden Jungs zum Fundort der toten Frau geführt. Ihr Verhalten blieb unerklärlich paradox. Als die Schäferin zurück in die Küche kam, glaubte Louis einen gewissen Wahnsinn in ihren Augen zu erkennen. In ihren Armen hielt sie flauschige Textilien, in reinem weiß. Als sie sie auf dem Esstisch ablegte, erkannte Louis zwei Nachhemden.

„Ihr kehrt heute Nacht besser nicht zurück." Die Jungs vernahmen überrascht zum allerersten Mal Wolfruns Stimme. Hatten sie doch mit einem rasselnden Knurren der Frau gerechnet, klang ihre Stimmfarbe hell und ungewöhnlich klar. „Das Unwetter wird die gesamte Nacht anhalten. Ihr könnt in der Dachkammer übernachten."

Die Hobbydetektive sahen sich ungläubig an. Eine Einladung hatten Sie gewiss nicht erwartet.

Kurze Zeit später fanden sie sich in der Dachkammer ein. In dem komplett holzverkleideten Raum war nicht mehr als ein großes Bett, sowie eine antike Kommode vorzufinden. Nachdem Wolfrun erneut in diszipliniertes Schweigen verfallen war, hatten sich die beiden Freunde zum Rückzug entschieden. Außerdem hatten sie endlich dringend aus der nassen Kleidung gemusst, die unangenehm kalt auf ihrer Haut gehaftet und sie bis aufs Mark ausgekühlt hatte.

„Schick schaust du aus." Louis bestaunte seinen Freund mit boshafter Ironie. Die beiden Jungs hatten sich die blütenweißen Nachhemden übergezogen und bestaunten nun belustigt ihre Abendgarderobe.

„Dreh dich doch mal, damit ich dich von allen Seiten bewundern kann."

„Du musst gerade was sagen. Dein Spitzen-Dekolleté steht dir ebenfalls ausgezeichnet", lachte Pascal. Ihre Stimmung hatte sich nun ein wenig aufgeklart. Von draußen prasselte heftiger Regen gegen die Fenster und Donnergrollen rumpelte lautstark über das Gehöft der Schäferin, doch den beiden Jungs wurde es allmählich behaglich. Die trockene Kleidung und das warme Holz rings herum schützte sie vor dem kalten

Oktoberunwetter, das an dem alten Haus rüttelte. Pascal hüpfte, leicht wie eine Fee, mit aufgeblähtem Kleid aufs Bett. Obwohl im Raum ein leichter Modergeruch vorherrschte, war das Bettzeug frisch und duftete luftgetrocknet, nach Sonne und Wald.

„Und wie geht es nun weiter?" Er lüpfte die Bettdecke und zwinkerte Louis zu, sich zu ihm zu legen.

„Ganz klar: Wir warten bis Wolfrun wieder eingeschlafen ist und dann durchsuchen wir das Haus nach Spuren."

Pascal weitete ungläubig die Augen. Er hatte wenig Lust von der Schäferin beim Durchforsten ihrer privaten Sachen erwischt zu werden. Die Frau bereitete ihm noch immer einen Schauer, obwohl sie ihnen schützenden Unterschlupf gewahr.

„Ich meinte eher, wie geht es mit uns weiter? Weißt du noch, wo wir vorhin stehengeblieben waren, bevor die Radiomeldung uns aus dem Bett geholt hat?" Er hob vielsagend die Augenbrauen und hoffte gleichzeitig, dass er Louis damit von seinem Plan ablenken würde.

„Das ist doch mal eine gute Idee." Louis strahlte und kroch zu Pascal unter die Bettdecke. „Besser können wir die Zeit nicht überbrücken."

Und bald schon verschmolzen sie zärtlich ineinander und schenkten sich aufregende Wärme. Pascal küsste ihn wahnsinnig sinnlich. Seine Berührungen taten unendlich gut und bald schon wurden ihre Emotionen so wild, dass es nicht lange dauerte, bis sie sich gegenseitig ein feuchtes Geschenk bereiteten. Danach fühlte sich Louis so geborgen, dass er für kurze Zeit auf seinem Freund eingenickt war. Pascal blieb wach und streichelte ihm über den Rücken, bis dieser leise und gleichmäßig zu schnarchen begann. Als Louis wieder erwachte und auf die Uhr sah, war es bereits später als er geplant hatte zu warten. Mit einem Mal war er hellwach.

„Ach du sch…", unterbrach er sich. „Nun müssen wir uns aber beeilen, Pascal, wenn wir noch das Haus durchsuchen wollen. Ich vermute mal, dass eine Schäferin von Natur aus früh aufstehen muss. Uns bleibt also nicht mehr viel Zeit für unsere Recherchen."

Hurtig sprangen die Jungs aus den Federn, zogen sich festes Schuhwerk unter die Nachthemden und schalteten die Taschenlampen ihrer Smartphones ein. *Verdammt*, der Akku auf Louis' Handy war schon wieder schwach. Hoffentlich reichte er noch für ihre heimliche Aktion. Und gerade, als sie möglichst lautlos den Knauf der Zimmertür drehten, hielt Pascal plötzlich inne.

„Schau mal!" Er hob einen Brief vom Boden auf, den jemand unter der Tür hindurch geschoben haben musste…

*

„Ein Brief? Ist er von Wolfrun?" Louis war mit einem Mal sehr aufmerksam. Pascal wendete das vergilbte Couvert nach allen Seiten.

„Marit Ackermann", las er vor und runzelte dabei die Stirn. „Das muss die Tochter von Regina und Helmut sein, den Besitzern des Gasthauses *Zum Hasen*", schlussfolgerte er. „Aber wie kommt der Brief hierher? Meinst du wir sollten ihn lesen?"

Der Umschlag war bereits geöffnet worden.

„Auf alle Fälle!" Louis zog das Schriftstück an sich und las laut vor.

Nordstrand, den 15.01.2004

Lieber Heinrich,

wenn du diese Zeilen liest, werde ich bereits nicht mehr sein. Dieses Mal wird mir der Freitod sicherlich gelingen. Ich habe mit tödlicher Sicherheit meine Vorbereitungen getroffen. Doch vorher bin ich es dir schuldig, dass du die Wahrheit erfährst...

Nach zwei Jahrzenten des Glaubens und der Klosterarbeit bin ich noch immer voller Schuldgefühle. Schuldgefühle, dich verlassen zu haben. Schuldgefühle, mein ungeborenes Kind beinahe getötet zu haben. Schuldgefühle, dir nie davon erzählt zu haben, dass du bereits seit Jahren Papa unserer gemeinsamen

Tochter bist. Ja, ganz recht, unsere kleine Affäre hat mich nicht nur zu dem glücklichsten Menschen seit Erden gedenken gemacht, unsere Liebe hat auch anderweitig Früchte getragen, denn bald schon nach unseren intimen Begegnungen, reckte sich Leben in mir. Doch noch ehe ich dir davon erzählen konnte, erfuhr Mutter von meinen Umständen. Sie war außer sich vor Scham, als sie erfuhr, dass ihre Tochter mit gerade einmal sechszehn Jahren ein Kind austragen wollte, noch dazu ohne Ehemann. Ich erzählte ihr von uns, in der Hoffnung, dass es sie milde stimmen mochte. Womöglich würdest du mich heiraten, wenn du von dem Kind erfuhrst, redete ich ihr zu. Doch als sie hörte, dass du der Vater seist, ist sie noch mehr erzürnt. Sie warf mir vor, mich leichtfertig an Männer zu werfen, die in meines Vaters Alter waren und zwang mich schließlich einen Giftcocktail zu trinken, der den Embryo absterben ließ. Kurz darauf führte ich einen Suizidversuch aus, der jedoch rechtzeitig von Mutter entdeckt und der erlösende Tod dadurch vereitelt wurde. Als Konsequenz schickte sie mich jedoch ins Kloster, damit ich dort meine Sünden bereue und um Vergebung bete. Und das habe ich. Über zwei Jahrzehnte lebte ich als fromme Nonne. Was Mutter jedoch nicht wusste, war, dass unser Kind den Giftcocktail überlebt hatte. Ich brachte bald schon nach meiner Ankunft im Kloster eine gesunde Tochter zur Welt. Um diese vor meiner Mutter zu schützen, wurde mir unser Kind direkt nach der Entbindung entzogen und in ei-

nem Waisenhaus untergebracht. Ich habe sie nie mehr gesehen...

Selbst nach zwanzig Jahren der Reue und des Betens um Vergebung, konnte ich meinen Schuldgefühlen nicht entfliehen. Nun bin ich nach Nordstrand zurückgekehrt, um dir die Wahrheit zu erzählen. Doch ich erfuhr, dass du nicht mehr hier lebst. Mit meinem Verschwinden ins Kloster, bist auch du aus Nordstrand weggezogen und nicht mehr wiedergekehrt. Ich habe Schwester Angelika beauftragt dich ausfindig zu machen, um dir diese Zeilen zukommen zu lassen. Du sollst endlich die Wahrheit über unsere Tochter erfahren und vielleicht hilft es dir auch selbst, mit der Vergangenheit abzuschließen. Ich werde bis dahin nicht mehr sein, aber sei gewiss, meine Liebe galt und gilt auf ewig dir und ihr...

In Liebe, deine Marit.

*

Die beiden Hobbydetektive brauchten einen Moment, um die Informationen des Briefs zu begreifen. Schweigend blickten sie sich gegenseitig an, während ihr Geist die neuerlichen Erkenntnisse zu ordnen begann.

„Marit hatte einen Abschiedsbrief verfasst."

„Offenbar für Heinrich Holm, ihre große und einzige Liebe, von dem sie sogar zwanzig Jahre zuvor ein Kind empfing. Und Regina, diese in meinen Augen wahre Hexe von Nordstrand, hat sie gezwungen, dieses abzutreiben. Mit einem Giftcocktail. Wie kann ein Mensch nur so unsagbar grausam sein. Sie macht mich richtig wütend. Ob ihr bewusst ist, was sie Marit damit angetan hat?!" Louis stiegen nun Tränen der Wut in die Augen. Regina hatte das Leben ihrer Tochter komplett zerstört. Wie durch ein Wunder hatte der Embryo überlebt. Zum Schutz des Kindes hatte Marit eine schwerwiegende Entscheidung getroffen und ihre Tochter noch am Tag der Geburt weggegeben. Sie wusste, dass Regina alles daransetzen würde, das kleine Kind zu vernichten. So hatte Regina ihr Ziel doch noch erreicht, denn Marit lebte fortan ohne ihre Tochter und ohne ihre große Liebe Heinrich. Das Kloster rettete sie von den scheußlichen Erfahrungen und gab ihr für gewisse Zeit halt, doch überwunden hatte sie die dramatischen Vorfälle nie.

„Weißt du, Louis. Hier auf dem Dorf ticken die Uhren

oftmals noch ganz anders als bei euch in der Stadt. Ich verstehe den Druck, den Regina gespürt hatte, als sie von der Teenagerschwangerschaft ihrer Tochter erfuhr." Pascal versuchte die schrecklichen Entscheidungen der rabiaten Frau, verständlich zu machen. „Ich will dir mal etwas erzählen. Vor einigen Jahren hatten meine Eltern eine richtig schlimme Ehekrise durchlebt. Ich bin gerade aufs Gymnasium gewechselt als die Streitereien zuhause immer heftiger wurden. Es sah bald so aus, als würden meine Eltern für immer den großen Split wagen. Doch letztendlich entschieden sie sich zusammen zu bleiben. Und diese Entscheidung hatten sie nicht etwa zugunsten ihrer Kinder getroffen. Eine Scheidung galt hier im Dorf, selbst zu jener Zeit noch, als ungehörig. Sowas machte man nicht. Also blieben sie zusammen und ertrugen ihre Ehe." Pascal legte eine vielsagende Pause ein, in der er tief durchatmete. „In diesem Fall trug ihre Entscheidung Früchte, denn heute scheinen die Streitereien von damals verflogen. Du kannst dir nun vielleicht besser vorstellen, was es Mitte der achtziger bedeuten mochte, in einer Epoche, als das Wort *Scheidung* hier in Nordstrand noch nicht mal angekommen war, ein uneheliches Kind zu erwarten. Noch dazu als Teenagerin, die sich von einem ihrer Gäste hat schwängern lassen. Heinrich war immerhin beinahe zwanzig Jahre älter als Marit. Der Skandal wäre nicht auszudenken gewesen, wenn die Gemeinde davon erfuhren hätte. Ich will nur sagen; ich verabscheue Reginas Zwangsabtreibung, aber ich kann den Druck, unter dem sie stand, durchaus verstehen."

„Ich kann nicht glauben, dass du ernsthaft versuchst, Reginas Entscheidung zu verstehen, Pascal. Was für ein Mensch tut so etwas seiner Tochter an? Egal zu welcher Epoche, so eine Gräueltat lässt sich nicht entschuldigen." Marit tat ihm unendlich leid.

„Da stimme ich dir zu. Was die alte Ackermann getan hat, finde ich ebenfalls unverzeihlich. Ich wollte nur, dass du verstehst, wie gegensätzlich sich das Leben in einer kleinen Gemeinde wie Nordstrand verhält. Und Menschen treffen manchmal furchtbare Entscheidungen, um ihre Anerkennung in der Gemeinde nicht zu verlieren. Gerade als Eigentümer eines Wirtshauses waren die Ackermanns immerhin existenziell auf das Wohlgefallen der Dorfgemeinschaft angewiesen. Wir sind keine Monster hier im Norden, aber die Furcht vor sozialer Ausgrenzung bedeutet mehr als nur einfache Sorge. Sie kann sogar zu deinem wirtschaftlichen Untergang führen. Das wollte ich damit sagen." Pascal wurde etwas traurig. Louis verstand und nahm seinen Freund in die Arme. Eine ganze Weile standen sie einfach nur da und hielten sich gegenseitig fest.

*

Im Schutze der nächtlichen Ruhe, schlichen die beiden Freunde durch das alte Haus der Schäferin. Ihre
Taschenlampen leuchteten spärlich in der Dunkelheit
der tiefen Nacht. Jeder ihrer Schritte tat verräterische
Geräusche auf den alten Holzdielen und das Bauernhaus schien ihren angehaltenen Atem mit lautem Echo
zurückzuwerfen. Pascal tat sich noch immer schwer,
die Stuben der Schäferin zu durchsuchen. Er hoffte inständig, kein Indiz dafür zu entdecken, dass sie im
Haus einer Mörderin Obdach gefunden hatten. Doch
Louis hatte sich nicht von seinem Vorhaben abbringen
lassen. Er hatte Lunte gerochen und war fest entschlossen, Beweise zu sammeln, die Wolfrun
eindeutig mit den Tatorten in Verbindung brachten.
Die gebundenen Kräutersträuße waren ein erster Hinweis, reichten jedoch bei Weitem nicht aus, der
unheimlichen Schäferin einen Mord nachzuweisen.
„Meinst du Katharina Stenzel war die Tochter von
Marit und Heinrich?", flüsterte Pascal in die Stille
hinein und unterbrach Louis in seinem Gedankenfluss.
Er überlegte eine Weile, doch Pascals These kam ihm
nicht schlüssig vor.
„Das wäre eine einfache Erklärung, doch ich fürchte
die junge Studentin kann unmöglich ihre Tochter gewesen sein. Womöglich die Enkeltochter, aber das
wäre eine gewagte Theorie, für die wir keinen Hinweis haben."

„Da hast du recht. Aber wie passt Katharina in diese Geschichte hinein? Bislang haben unsere Recherchen alle zu Familie Holm und Familie Ackermann geführt. Warum also der Tod der Studentin?"

Pascal hatte eine gute Frage gestellt. Louis fand jedoch keine Antwort darauf. Das Auftauchen der jungen Protagonistin und ihr Leichenfund im Moor, konnte in keinen Zusammenhang mit den Geschehnissen der Vergangenheit und Heinrichs Tod gebracht werden. Dennoch musste ihr Besuch in Nordstrand etwas zu bedeuten haben, war sich Louis absolut sicher. Ihm fehlten lediglich ein paar Puzzleteile, um klar zu erkennen, was sich in Nordstrand abgespielt hatte. Die Verbindung war das Kloster von Uetersen. Irgendetwas aus dem Kloster hatte Katharina veranlasst hier her zu kommen. Ein folgenschwerer Entschluss, wie sich gezeigt hatte.

„Genau das gilt es herauszufinden, Pascal." Die Jungs schlichen auf leisen Sohlen durch das geisterhaft leer wirkende Haus. Anfangs lugten sie lediglich vorsichtig hinter Türen und verborgenen Kammern, leuchteten Vitrinen aus und verschafften sich einen groben Überblick über das maßlos angehäufte Inventar der Schäferin. Erst allmählich wagten es die nächtlichen Spurensucher erste Schubladen und Schränke zu öffnen, begleitet vom Ticken der Wanduhr und dem heftigen Windspiel des tosenden Unwetters um das Haus. Das Holz der Einrichtung sprach bei jeder ihrer Bewegungen mit ihnen. Quietschen, Knarzen und Krachen begleiteten die Jungs bei ihren Erkundungen und schreckten sie regelmäßig auf. Eine elektrisierende Anspannung machte sich breit und drückte unangenehm auf den Magen. Wolfruns Schränke und Kommoden brachten Eigentümliches zu Tage. Beinahe in jedem Stauraum befanden sich aus Stroh geflochtene Skulpturen oder holzgeschnitzte Grimmassen, die über die Geheimnisse der Tiegel und Töpfchen wachten; fremde Hände von runenartigen Schriftsätzen auf vergilbtem Papier fernhielten; und manches Mal so bedrohlich wirkten, wie die scharfen Werkzeuge, die sie angefertigt hatten. Die Schäferin hortete nahezu alles, was man sich nur vorstellen konnte, in purem Durcheinander in ihren Schränken. *Diese Frau musste wahrlich krank sein*, dachte Louis bei sich, als er eine weitere Schublade der schweren Kommode mit lautem Geräusch aufzog. Im gleichen Moment ging das Licht an und Wolfrun stand in ihrem blütenweißen Nachthemd in der Tür, wie ein nächtlicher Geist. Sie blickte bedrohlich drein. Die Jungs schraken zusammen und Pascal ließ sogar sein Handy fallen, so gelähmt war er beim Anblick der schrägen Schäferin. Schweigend kam sie auf Louis zu, der ihr am nächsten war. Er hielt sich an der Kommode fest, da der Schreck ihm die Knie hatte weich werden lassen, und selbst Rufus schien von der Präsenz der kräftigen Frau so erstarrt, dass ihm das Bellen im Halse stecken blieb.

„Lassen sie mich in Ruhe." Louis hob schützend die

Hände vors Gesicht. Wolfrun näherte sich ihm und ihr eigentümlich muffiger Geruch stieg ihm in die Nase. Ihre Hand öffnete eine weitere Schublade der Kommode und zog zielstrebig etwas hervor.

„Ihr sucht wohl danach." Sie händigte ihm das Bild aus dem Kloster aus.

*

Am frühen Morgen hatte sich der Sturm verzogen und der Tag begann mit klarem Sonnenschein. Die knurrige Schäferin hantierte in der Scheune mit den Tieren herum, während die beiden Freunde einen morgendlichen Spaziergang mit Rufus über das idyllische Gehöft machten. Die kurze Nacht lag noch schwer auf ihren zerknautschten Gesichtern, doch eine gewisse Erleichterung hatte sich eingestellt. Pascal warf einen dürren Stock über die saftigen Wiesen und Rufus spurtete schnurgerade hinterher. Schwanzwedelnd kam er mit seiner Ausbeute zurück und hatte dabei beinahe ein Lächeln um die Lefzen aufgelegt.

„Guter Junge", lobte Pascal den treuen Vierbeiner. Die morgendliche Luft war in Bewegung und zupfte die letzten, leuchtend gelben Blätter von den sich im Wind wogenden Birken.

„Ich bin erleichtert, dass Wolfrun endlich zu sprechen begonnen hat. Jetzt wissen wir, warum sie mir das Foto vom Kloster von Uetersen entwendet hat."

„In der Tat hatte sie ein nachvollziehbares Motiv, denn es war das einzige Bild, dass sie von ihrer Mutter kannte."

Nachdem Wolfrun die beiden Hobbydetektive in den Morgenstunden beim Durchwühlen ihrer Schränke erwischt hatte, hatte die wortkarge Schäferin endlich ein paar Geheimnisse gelüftet. Die Jungs verfügten nun über wichtige Details, die einige der mysteriösen

Ereignisse enträtselt hatten. Wolfruns Leben hatte von Anfang an keinen guten Start genommen. Sie war in einem Waisenhaus aufgewachsen, hatte keine Besuche von Angehörigen, noch wusste sie über ihren familiären Hintergrund Bescheid. Ihr ganzes Leben lang hatte sie keine Ahnung, wer sie war. Doch instinktiv hatte sie das Schicksal zurück an den Ort geführt, aus dem ihre nächsten Verwandten stammten. Doch weder sie noch Heinrich hatten eine Ahnung davon, dass sie Vater und Tochter waren. Eigentlich kannte sie den alten Leuchtturmwärter kaum, so wie sie nahezu niemanden aus dem Dorf wirklich gut kannte. Sie führte ein eremitisches Dasein. Ihre Schafe wurden für die Landschaftspflege der Deiche und Höfe gebraucht und ihren Käse und die Wolle verkaufte sie an die kleinen Betriebe, doch ansonsten pflegte Wolfrun keinen Kontakt zur Nordstrander Gemeinde. Als eines Tages Heinrich mit einer jungen Frau bei ihr auf dem Hof erschien, war sie daher mehr als verwundert über den unerwarteten Besuch. Und mehr noch, beteuerte dieser beinahe fremde Mann, ihr Vater zu sein und übergab ihr Marits Brief. Die junge Begleiterin an seiner Seite stellte sich als Katharina Stenzel heraus. Wolfrun hatte sich den Namen nicht gemerkt, aber die Hobbydetektive hatten keinen Zweifel daran. Die junge Studentin hatte während ihres Aufenthaltes im Kloster von Uetersen und über ihre Recherchen zu ihrer Doktorarbeit über die Evolution der Autonomie von Frauen, eine nahezu unfassbare Geschichte von einer der Nonnen gehört. Diese hatte ihr vom Schicksal der jungen Marit Ackermann erzählt, die ihr Kind hatte an ein Waisenhaus abgeben müssen, um es vor der vernichtenden Gewalt seiner Großmutter zu schützen. Der Brief der betroffenen Klosterschwester Marit belegte der jungen Studentin, dass es sich bei der Geschichte um keinen Mythos handelte. Katharina witterte großes Material für ihre Arbeit und beschloss die junge Nonne ausfindig zu machen, die von ihrer Reise zu ihrem Elternhaus nie mehr zurückgekehrt war. Ihre Recherchen führten sie zunächst zum Waisenhaus, in dem sie reichlich Informationen über das verstoßene Kind erhielt, bis schließlich hoch nach Nordstrand, wo sie zwar lediglich Marits Grab vorfand, jedoch zum ersten Mal Heinrich begegnete. Der betagte Mann war gerade dabei gewesen die Ruhestätte seiner Jugendliebe von Unkräutern zu befreien, als ihn die junge Studentin ansprach. Schnell fanden sie Vertrauen zueinander und es dauerte nicht lange, bis ihr klar wurde, dass der Mann am Grab Marits Heinrich war. Katharina überreichte dem Leuchtturmwärter den Abschiedsbrief und erzählte ihm alles, was sie bislang über Marit und das ausgesetzte Mädchen recherchiert hatte. Ihre schicksalshafte Unterhaltung und der ergänzende Informationsaustausch der beiden sich fremden Personen, machte eines ganz deutlich: Heinrich und Wolfrun waren Vater und Tochter.

„Kaum zu glauben, dass Wolfrun jahrelang ganz in

der Nähe ihres Vaters lebte, ohne zu ahnen, wer er war." Pascal warf das Stöckchen bis weit in die Ferne. Rufus sprang direkt hinterher und war bald von den saftigen Wiesen verschluckt. Die Jungs hatten Wolfruns Gehöft bereits lange hinter sich gelassen und marschierten auf ausgetretenen Pfaden, entlang der wilden Wiesen. Die kühle Luft und der klare Wind vertrieben die Müdigkeit, die sie noch zu Beginn ihres Spaziergangs bleiern gespürt hatten.

„Ja, das ist ziemlich traurig. Irgendwie hatte das Schicksal Wolfrun hierhergeführt, doch viel hatte sie von ihrem Vater nie gehabt. Und als ihr Geheimnis endlich gelüftet war, war er auch schon bald wieder verstorben", sinnierte Louis. Und als er so darüber sprach, wurde ihm erneut flau im Magen. „Es ist ein eigenartiger Zufall, dass Heinrich Holm und Katharina Stenzel so kurz nach ihrem Zusammentreffen verstarben. Warum nur die beiden? Warum nicht auch Wolfrun?"

„Hat sie aus unerklärlichen Gründen ihre Vergangenheit mit einem Doppelmord ausgelöscht?" Pascal sprach die Frage aus, die im Raume stand.

„Das könnte durchaus sein. Für mich ist sie trotz der Informationen, die sie uns gegeben hat, weiterhin tatverdächtig."

„Ja, für mich auch. Aber warum liefert sie uns immer wieder Hinweise, die zu den Opfern führen. Und warum lässt sie uns an ihrem Geheimnis teilhaben? Meinst du sie spielt mit uns?"

„Schon möglich." Louis überlegte. Doch irgendetwas passte nicht ins Bild. „Aber was ist mit dem Tod von Anna-Marie Holm? Mit dem kann sie unmöglich etwas zu tun gehabt haben. Im selbigen Jahr wurde sie gezeugt." Louis war sicher, dass der Mord an Heinrichs Schwester in direktem Zusammenhang stand. Er glaubte nicht mehr an Zufälle. Alles schien miteinander verwoben zu sein.

„Schau mal." Pascal deute in die Ferne, zurück in die Richtung, aus der sie gekommen waren, und seine Augen weiteten sich. Eine schwarze Rauchsäule stieg in den klaren Himmel hinauf.

„Es brennt! Zurück zur Schäferei, schnell!"

*

Die beiden Freunde machten noch auf der Sohle
kehrt und spurteten zurück zum Gehöft der Schäferin.
Schon aus der Ferne lag der Geruch von verbranntem
Holz und Ruß in der Luft. Eine dicke Säule pech-
schwarzen Rauchs türmte sich über der Scheune auf.
Je näher sie kamen, desto deutlicher vernahmen sie
die panischen Rufe der Tiere.

„Wir müssen die Gatter öffnen und die Schafe befrei-
en", schrie Pascal verzweifelt und rannte
schnurgerade zur Scheune, dessen Dachstuhl auf einer
Seite bereits vollständig abgebrannt war. Trotz des
Dauerregens in der Nacht, fand das Feuer immer wieder Nahrung, an der es sich entlang züngelte. Die
Scheune war gemauert, doch der Dachstuhl bestand
komplett aus Holz und Reet. Das trockene Heu, das
darin lagerte, brannte wie Zunder und auch die dicken
Dachbalken waren bereits verkohlt und glühten glei-
ßend. Lediglich das von der Nacht noch feuchte
Reetdach schien eher zu rauchen als tatsächlich abzu-
brennen. Dennoch hatten die Flammen dicke Löcher
hineingefressen und bahnten sich ihren Weg weiter
voran. Pascal öffnete schließlich das Gatter, das die
Tiere von der Weide trennte und verbrannte sich dabei
fast die Finger an dem heißgewordenen Metall. Augenblicklich galoppierten die Schafe in die rettende
Freiheit, gefolgt von einem Dutzend Hühner, die aufgeschreckt gackerten. Unter dem brennenden

Dachstuhl, tief im inneren der Scheune, lag Wolfrun bewusstlos auf dem Boden.

„Wir müssen sie dort rausholen!", schrie Louis panisch und rannte todesmutig unter den Flammen hindurch. Ihre Hitze war unerträglich und das Knistern des Infernos derart laut, dass er kaum seine eigenen Rufe hörte, mit denen er Wolfrun signalisierte, dass Hilfe nahte. Die Schäferin bewegte sich nicht mehr. Sie musste bereits zu viele Schadstoffe eingeatmet haben, doch ihr Puls war noch stabil. Louis zerrte an der kräftigen Frau, deren schlaffer Körper ihm wieder und wieder aus den Armen glitt. Endlich eilte auch Pascal zur Hilfe und nahm Wolfruns Beine in die Hand. Zusammen trugen die beiden Freunde die bewusstlose Frau nach draußen ins Freie, wo die Luft kühl und voller Sauerstoff war.

„Hier, das müsste reichen." Sie legten den schlaffen Körper mit genügend Abstand zum brennenden Gebäude ab. Pascal rief den Notruf. Es dauerte nur wenige Minuten zum Eintreffen der Feuerwehr und des Notarztes, doch bis dahin war der komplette Dachstuhl der Scheune in sich zusammengefallen. Seine Überreste lagen nun am Grund des Bodens und die letzten dicken Balken wurden von den Flammen zu Asche verzehrt. Das gemauerte Haus glühte wie ein riesiger Brennofen. Ein paar Sanitäter umsorgten Wolfrun, die schon wieder zu Bewusstsein gelangt war, jedoch noch immer nach Luft jappste, wie ein Fisch an Land. Ihre Schafe beobachteten aus sicherer

Entfernung den Tumult auf dem Hof. Viele von ihnen gingen bereits wieder ihrer Lieblingsbeschäftigung nach und zupften mit ihren weichen Nüstern vorsichtig saftiges Grün von den Weiden und Sträuchern. *Wie wenig sie sich um den Verbleib der Schäferin scherten*, dachte Louis verwundert. Rufus hingegen hatte ganz anders reagiert, als man Louis aus dem Moor gezogen hatte. Überglücklich hatte er ihm über das Gesicht geleckt und vor Freude fast losgepieselt, als sein Herrchen unbeschadet befreit worden war. Doch keines jener fünf dutzend Schafe zeigte ähnliche Emotionen.

„Ich bin so froh, dass ich dich habe." Louis streichelte seinem Hund über den kleinen Kopf. Rufus bestätigte die Liebesbekundung, indem er sofort mit dem Schwanz wedelte, was sein gesamtes Hinterteil in Wallung brachte.

„Schau mal, jetzt tanzt er wieder Samba!" Louis lachte und deutete auf Rufus´ wippende Hüfte. Pascal setzte sich zu ihm und nahm ihn in den Arm. Langsam senkte sich das Adrenalin der letzten Ereignisse und räumte Platz für Dankbarkeit ein, dass seinem süßen Freund nichts in den Flammen zugestoßen war. Sie hatten sich einer großen Gefahr ausgesetzt, dämmerte ihm. Nicht lange nachdem sie die gewichtige Schäferin aus der brennenden Scheune gehievt hatten, war auch schon ein Teil des Dachstuhls runtergekommen und krachend am Boden zerborsten. Zwischen Leben und Tod war nicht mehr als ein paar wenige Minuten gelegen. Spontan küsste er Louis auf die Wange.

Die Feuerwehr hatte den derweil nur noch kleinen Brandherd erfolgreich gelöscht und ermittelte in den qualmenden Trümmern die Ursache des Brandes. Nachdem auch die Jungs ausgiebig befragt worden waren, jedoch nicht wirklich eine Erklärung liefern konnten, entließ man sie dem Verhör. Eigentlich hatten sie nur mitteilen können, dass bei Antritt ihres Spaziergangs keinerlei Zeichen auf ein Feuer zu sehen gewesen waren. Die Schäferin hatte wie jeden Morgen die Ställe ausgemistet und sich um die Versorgung der Tiere gekümmert, also keine Tätigkeiten verübt, die einen Brand hätten verursachen können. Die Polizei erkundigte sich sogar, ob Wolfrun suizidgefährdet sei. Doch auch hier konnten die Jungs keine Auskunft geben. Welcher Gemütszustand sich hinter dem ausdrucklosen Gesicht der eigentümlichen Frau abspielte, war schwer einzuschätzen. Auf die beiden Freunde wirkte sie verwirrt, vielleicht sogar geistig angeschlagen, dennoch war ihnen kein Anzeichen aufgefallen, dass ihnen Lebensmüdigkeit signalisiert hätte. Allen Grund hätte sie sicherlich gehabt in tiefer Trauer zu versinken. Ihre Vergangenheit war von derben Enttäuschungen geprägt. Ihr Sozialleben gleich Null. Und der Verlust von Heinrich, von dem sie erst kürzlich wusste, dass er ihr Vater war, war sicherlich das sprichwörtliche i-Tüpfelchen gewesen. Dennoch schien ein Suizid durch Verbrennung zu dramatisch für die einfältige Frau. Noch dazu hätte sie sicherlich ihre Tiere nicht in Gefahr gebracht.

„Die Hexe muss brennen...", sprach Louis einen ur-
plötzlichen Geistesblitz aus, der ihm gerade
gekommen war. Und schon war die Assoziation wieder unkommentiert verflogen.

*

Am frühen Abend saßen die beiden Freunde bei Louis´ Tanten in der gemütlichen Wohnstube und berichteten von der schaurigen Nacht und dem ereignisreichen Vormittag bei der Schäferin. Die beiden Tanten wurden bei all den desaströsen Details zunehmend blasser und hielten sich gegenseitig die Hände. Sie konnten nicht fassen, was die Jungs aufgeregt zu berichten wussten.

„Was euch hätte alles passieren können. Seid ihr denn des Wahnsinns." Tante Maggie hielt ihre freie Hand vor den Mund. Der Gedanke, welcher Gefahr sich ihr Neffe ausgesetzt hatte, bereitete ihr Bauchschmerzen. Selbst die taffe Luci war nun nicht mehr so vorlaut. Marits Geschichte lag ihr wie Grünkohl schwer im Magen, nur ohne Blähungen. Eine gewisse Beklemmung lag nun in der behaglichen Stube und selbst der eigens gebackene Zitronenkuchen und die warmen Ringelsocken vermochten nicht dagegen anzukommen.

„Ich glaube, den haben wir jetzt alle nötig." Luci holte den lieblichen Birnenbrand aus der Schrankbar und goss jedem von ihnen ein kleines Gläschen davon ein. Der fruchtig-süße Schnaps brannte zunächst heiß die Kehle hinab, hinterließ jedoch anschließend eine wohlige Wärme ums Herz.

„Aber ich verstehe noch nicht, was diese Kräutersträuße zu bedeuten haben." Tante Maggie wollte es

nun ganz genau wissen.

„Liebchen, das ist doch gar nicht die Frage." Luci verstand nicht, weshalb sich ihre Freundin mit solch nebensächlichen Details beschäftigte. „Ich bin vielmehr über die Gräuel schockiert, die sich hier in den Familien unserer Nachbarschaft abspielen. Das geht doch nicht, dass man sein Kind zur Abtreibung zwingt und dass hier Menschen verunglückt sind. Ja, höchstwahrscheinlich war ihr Tod noch nicht einmal ein Unfall. Unter uns treibt womöglich ein psychopathischer Mörder sein Unwesen und du sorgst dich allen Ernstes um Kräutersträußlein?! Herzelein, deinen Sinn für Gefahr möchte ich mal haben."

Maggie drückte nur beschwichtigend die Hand ihrer aufgebrachten Partnerin. Selten hatte sie Luci so die Fassung verlieren sehen.

„Ich denke die Kräutersträuße waren wohl Rituale von Wolfrun. Eine Art letzte Salbung für die Toten. Sie lebt ihre eigene Logik und führt heidnische Bräuche aus. Sie hält sich selbst für eine Heilerin, malt Schutzzeichen auf Steine, Tiere und Menschen. So hat sie mich selbst auch einmal mit einem Schutzzauber versehen wollen, wage ich ihr Verhalten zu interpretieren. Außerdem kommuniziert sie mit Naturgeistern. Salbei reinigt von allem Bösen, sagt sie. Deswegen hatte sie mir auch den Kadaver der angefahrenen Krähe in der Nacht überbracht. Ich glaube dieser Brauch galt dazu, mich von der Schuld zu reinigen, daher auch der viele Salbei um das tote Tier. Aber wer weiß schon genau,

was sich hinter ihren Gebinden verbirgt", beantworte-
te Louis die Frage seiner Tante, so gut er eben konnte.

„Naja, viel anders ist das in unseren Gebräuchen ja
auch nicht", stellte Maggie sachlich fest. „Auch wir
schmücken die Gräber mit Blumen und legen aufwen-
dig geknüpfte Blumengestecke bei den Trauerfeiern
ab. Ihre Art der Totenehrung ist vielleicht etwas ur-
sprünglicher." Sie klang weiße und klug.

„Ach, ich liebe dich einfach. Du bringst immer alles
ins richtige Licht." Luci drückte die Hand ihrer lang-
jährigen Partnerin und führte diese, für einen kurzen
Kuss auf den Handrücken, an ihre Lippen.

Auch Pascal und Louis tauschten heimliche Blicke
und aufgeheizt von der Romantik, die im Raum lag,
schenkten sie sich einen sanften Kuss.

„Das muss gefeiert werden, ihr Süßen", kommentierte
Luci und goss ihnen allen nochmal von dem Birnenbrand nach. „Wir sind schon lange davon überzeugt,
dass ihr beide das perfekte Paar abgebt. Auf die
Jungs." Sie hob ihr Glas. Louis vermutete, dass seiner
geselligen Tante heute alles einen Grund zum Ansto-
ßen bot, doch höflich erhoben sie alle ihre Gläser. Bis
weit in den späten Abend unterhielten sich die Vier
über die fürchterlichen Ereignisse, die sich in ihrem
Dorf zugetragen hatten. Und je länger sie darüber
sprachen, desto unbehaglicher wurde ihnen zumute. In
ihrem Haus brannte warmes Licht im Kamin, doch
draußen hüllte die herbstliche Nacht das schlafende
Dorf bereits wieder in undurchdringliche Finsternis.

Auch Rufus schien heute nicht allein vor dem warmen Feuer bleiben zu wollen und quetschte sich auf dem Sofa zwischen die beiden Jungs, ganz so, als würde er die Anstandsdame spielen. Pascal und Louis fanden dennoch einen Weg sich aneinander zu kuscheln, ohne dass Rufus dabei zu kurz kam. Maggie hatte ein wenig Abendbrot gerichtet und eine frische Kanne Karamelltee aufgesetzt.

„Wie geht es nun weiter mit Wolfrun? Wird sie verhaftet? Sie ist doch sicherlich verdächtig, denn immerhin wusste sie, wo die tote Studentin aufzufinden war", wollte Luci wissen, während Tante Margarethe allen dampfenden Tee eingoss.

„Erstmal muss sie aus dem Krankenhaus entlassen werden. Aber ja, ich denke sie wird nun von den Kommissaren ins Visier genommen. Mit dem Brief, den sie bei sich trug und dem Wissen über die Tatorte, war sie einfach viel zu nahe an den beiden Toten dran. Die Ermittler werden das auf jeden Fall untersuchen müssen. Alles andere wäre grob fahrlässig."

„Aber der Brand war doch selbst ein Anschlag auf sie?!" Margarethe war verwundert. In ihrer Logik war Wolfruns Unschuld damit bewiesen.

„Das Feuer könnte sie auch selbst verursacht haben, Maggie. Entweder war es ein Unfall oder aber ein Ablenkungsmanöver, damit die Kommissare exakt zu der gleichen Meinung gelangen, wie du", erklärte Pascal. Er selbst hätte keine Nacht allein bei Wolfrun auf dem Hof verbringen wollen, doch noch war ihr kein Mord nachzuweisen. Niemand glaubte mehr an Unfälle der beiden Opfer, aber Fremdeinwirkung, die zum Tode geführt hatten, war bislang ebenfalls nicht festgestellt worden. Die Sachlage blieb mysteriös.

„Falls es allerdings doch ein Anschlag auf Wolfrun war, dann hieße das doch, dass es noch einen gänzlich unbekannten Täter gäbe." Nun schauerte es auch der taffen Luci kalt über den Rücken.

„Genauso ist es, Tante! Und ich habe auch schon eine Vermutung, wer ein Motiv haben könnte…"

In diesem Moment ging das Licht im Hause aus. Ein dunkler Schatten huschte an den Fenstern vorbei, doch wegen der allgemeinen Panik nahm niemand Notiz davon.

„Was ist los? Hat der Blitz eingeschlagen?" Luci rannte zum Sicherungskasten, doch alle Schalter darin waren noch an der richtigen Stelle. „Merkwürdig!" murmelte sie.

„Schnell, schaltet alle eure Taschenlampen in den Smartphones an."

„Welche Taschenlampen? Wovon redest du denn, Junge?" Louis wusste, dass seine Tanten ein Smartphone besaßen, doch offenbar waren ihnen so manche Funktionen nicht geläufig. Tante Lucis Telefon war ohnehin meist leer, da sie es gewöhnlich kaum beanspruchte. Auch Maggies alter Knochen hatte die besten Zeiten hinter sich, dennoch schaltete sie ihr dünnes Lämpchen ein.

„Am Hauseingang steht noch die alte Eisenbahnlaterne. Ich werde sie rasch holen. Und ihr zündet ein paar Kerzen an." Und gerade als Luci im Vorraum zum Ausgang ankam, klopfte es energisch an die Haustür.

*

„Bleib von der Tür weg!" Louis wurde hysterisch. „Mach niemandem auf. Das könnte eine Falle sein." Doch zu spät. Es war deutlich zu hören, wie die Haustür zugeschlagen wurde und kurz darauf führte Luci Wolfrun in die Wohnstube und deutete ihr an, sich zu setzen. Sie trug noch immer ihr Krankenhaushemd und war völlig durchnässt vom Regen, der den dunklen Abend begleitete wie einen alten Freund.

„LUCI!", betonte Tante Maggie vielsagend. „Wir haben doch gerade keinen Strom. Es ist vielleicht nicht die richtige Zeit für Besuch." Sie lächelte verlegen. Dass Wolfrun plötzlich auftauchte war allen suspekt, doch so recht wollte niemandem ein Argument einfallen, mit dem man die durchnässte Frau wieder guten Gewissens aus dem Haus verbannen und zurück in den Regen schicken konnte. Wolfrun stand mit glasigen Augen inmitten der Wohnstube. Der Kerzenschein bildete tiefe Schatten in ihrem verhärmten Gesicht, was ihr einen noch eigentümlicheren Ausdruck verlieh.

„Sind sie aus dem Krankenhaus geflohen, Wolfrun?" Louis durchbrach als erster die unbehagliche Stille. Die Schäferin blickte beschämt zu Boden. Das sollte wohl als Antwort genügen.

„Kindchen, jetzt bringen wir Ihnen erst einmal ein paar trockene Sachen zum Anziehen." Luci führte die durchnässte Schäferin näher zu den anderen und brach gleich darauf auf, ihr flauschig warme Kleidung bereitzustellen. Trotz der Furcht vor der seltsamen Frau, hatte ihre traurige Lebensgeschichte Luci zutiefst bewegt. Sie fühlte Mitleid mit der armen Gestalt und tat nun, was sie konnte, um ihr ein wenig Wärme im Leben zu schenken. Margarethe, weitaus skeptischer über Wolfruns plötzliches Erscheinen, machte ihrerseits ebenfalls gute Miene und reichte der Schäferin eine Tasse Tee, an der sie sich sogleich Halt suchend aufwärmte. Betretenes Schweigen füllte die Luft und die Blicke aller Beteiligten suchten heimlich nach Fluchtwegen aus der bedrohlich wirkenden Situation. Allein das knisternde Feuer im Kamin und der prasselnde Regen an den Fenstern übertönten die tödliche Stille. Endlich rief Luci aus dem Schlafzimmer Wolfrun zu sich und deutete ihr an, sich umzuziehen.

„Bist du verrückt Wolfrun hier reinzulassen?!", flüsterte Maggie ihrer Partnerin aufgeregt zu, nachdem diese die Schäferin allein in der Schlafstube zurückgelassen hatte.

„Was hätte ich denn machen sollen?!" Auch Luci wirkte nun deutlich nervöser, als sie es sich zuvor hatte anmerken lassen.

„Sollen wir die Polizei rufen?" Maggi hatte große Augen. Doch was hätten sie denn dem Dorfpolizisten schon berichten können?! Wolfrun hatte nichts verbrochen und niemanden bedroht, jedenfalls noch nicht. Was sie mit ihrem Erscheinen beabsichtigte, vermochte niemand, außer sie selbst, zu erahnen.

„Lasst uns abwarten, was passiert", schlug Louis seinen nervösen Tanten vor. „Vielleicht lüftet sie noch das Geheimnis ihrer Anwesenheit. Aber bleibt vorsichtig und lasst sie nicht aus den Augen!", warnte er seine Liebsten vor der Gefahr.

Plötzlich schrien alle hell auf. Erneut hatte es wummernd an die Tür geklopft.

*

Nur wenige Augenblicke später stand Regina Ackermann mit einer Plastikbox voll Blechkuchen inmitten ihrer Runde. *Was war denn heute bloß los? Hier ging es zu, wie im Taubenschlag,* wunderte sich Louis über die zahlreichen Besucherinnen des jungen Abends. Er wusste nicht über welchen Gast er sich mehr wundern sollte. Er hatte keine Erklärung, weshalb Wolfrun, nach der Flucht aus dem Krankenhaus, nicht auf ihren eigenen Hof zurückgekehrt war. Und noch verwunderlicher war, dass Regina, die in Louis´ Augen die einzig wahre Hexe von Nordstrand war, sich unnatürlich freundlich mit kulinarischen Geschenken bei ihnen eingefunden hatte. Gleichzeitig dämmerte ihm allmählich, dass ein Aufeinandertreffen der beiden Besucherinnen die Situation womöglich eskalieren mochte. Er hoffte nun inständig, dass sie die Alte wieder verabschieden konnten, noch ehe Wolfrun aus der Schlafkammer auftauchte. Doch Regina hatte sich bereits in einem Monolog festgebissen. „Es ist allein Gott zu verdanken, dass ihr Neffe das Inferno überlebt hatte" predigte sie den alten Damen, die sich Hände hielten und Reginas Sprechtiraden geduldig über sich ergehen ließen. „Die Feuerwehr sagte, es sei ein Wunder, dass weder Mann noch Maus in den Flammen zu Tode gekommen waren. Doch ich sage euch, es war ein Wunder Gottes. Allein der Herrgott wacht über seine Anhänger. Vielleicht solltet ihr nächsten Sonntag ebenfalls zum Gottesdienst in der Kirche erscheinen und dem Herrn dafür danken, dass ihrem Jungen kein Haar gekrümmt wurde. Der tiefe Glaube bewahrt uns vor allem Leide." Sie stellte die Kuchenbox auf den Tisch und als sie den Deckel hob, durchströmte ein honigsüßer Mandelduft den dämmrigen Raum. Rufus' Schnauze richtete sich sofort neugierig auf die süße Leckerei und beschnupperte ausgiebig die feinen Aromen, die von ihr ausgingen.

„Mandelkuchen." Regina lächelte honigsüß wie ihr Backwerk. „Greift zu. Eure Heldentat muss belohnt werden. Immerhin habt ihr mehrere dutzende Tiere vor den Flammen bewahrt, wie man hört."

„Und nicht zu vergessen einen Menschen!", ergänzte Louis irritiert.

„Ach ja...", verzog die Alte das Gesicht. „Die Hexe habt ihr ja auch vor den Flammen gerettet. Sicherlich hätte unser Herr keine Einwände gehabt, wenn diese Heidin verbrannt wäre." Ihre Augen loderten wie das Feuer im Kamin. Doch kurz darauf war die Ärgernis aus ihrer Mimik entschwunden. „Wie geht es ihr denn? Ist sie schwer mitgenommen? Vielleicht habt ihr selbst gesehen, was in der Scheune vorgefallen ist?!"

Allmählich dämmerte den vier Anwesenden, was es mit Reginas Besuch auf sich hatte. Offenbar wollte die Alte ihre Neugier befriedigen. Luci war die Erste, die sich gegen das pietätlose Verhalten ihrer Nachbarin auflehnte.

„Regina, wenn du lediglich hierhergekommen bist, um an Dorftratsch zu gelangen, dann ist es wohl besser, wenn du deinen Kuchen wieder einpackst und gehst." Sie war aufgestanden vor Erzürnung. Louis war erleichtert. Vielleicht würden sie die alte Hexe doch noch aus dem Haus bekommen, ehe Wolfrun auf ihre Großmutter traf. Doch kaum hatte er die Hoffnung gedanklich formuliert, ertönte ein lautes Krachen und Regina sank vor ihm zu Boden. Hinter ihr Wolfruns wütende Silhouette. Ihr Gesicht war zu einer diabolischen Grimasse verzerrt und purer Zorn lag in ihrem Ausdruck. In der Hand hielt sie die Überreste von Tante Maggies Porzellan-Ballerina. Der Rest der teuren Handarbeit lag in tausend Scherben um Reginas bewusstlosen Körper. Pascal und Louis stürmten geistesgegenwärtig auf die kräftige Schäferin zu und hielten sie feste gepackt, während Maggie auch schon die Nummer der örtlichen Polizei wählte und zu Hilfe rief. Wolfrun wehrte sich nicht. Selbst als die Jungs sie zur Aufbewahrung im Badezimmer einsperrten, lehnte sich die Schäferin nicht gegen sie auf. Resigniert blieb sie inmitten des kleinen Raums stehen und starrte abwesend auf die Bodenfließen.

„Kann sie denn nicht entkommen?" Maggie war sehr aufgebracht. Solch einen Tumult hatte es noch nie in ihrem beschaulichen Häuschen gegeben. „Was ist, wenn sie durch das Fenster flieht?"

„Keine Sorge, Tantchen. Durch diese kleine Luke würde sie nicht passen", beruhigte Louis seine Tanten und vergrub den Badezimmerschlüssel sicher in seiner Jeans. Bis zum Eintreffen der Polizei war Wolfrun sicher verwahrt.

„Der Krankenwagen ist gleich da." Luci kniete besorgt neben Regina. Die Alte blutete am Hinterkopf und obwohl sie erwacht war, machte sie noch immer einen benommenen Eindruck. Tante Luci drückte ihr ein sauberes Handtuch auf die Wunde. Der geballte Zorn, der Regina getroffen hatte, machte ihr schwer zu schaffen. Doch kaum hatte sie sich ein wenig aufgerichtet, blitzte ihr Gift durchs Gemüt.

„Ihr habt der Hexe Zuflucht gewährt. Teuflische Scharlatane!", fauchte sie vor sich hin. „Verflucht sollt ihr sein! Ihr gehört nicht in unser reines Dorf. Euer Lebensstil ist eine Sünde. Verdammt sollt ihr sein."

Louis´ Tanten blickten sich besorgt an. Vermutlich hatte der Schlag auf den Kopf weitaus schlimmere Folgen hinterlassen als zunächst angenommen. Aufgrund der noch frischen Verletzung der geistig verwirrten Frau, ließen sie alle Viere Reginas Beschimpfungen kommentarlos über sich ergehen. Dass die Alte fanatisch und völlig verblendet war, war allgemein bekannt. Niemand im Raum nahm ihre Beleidigungen daher ernst.

„Der Herr wird euch dafür strafen und euch seinen Zorn spüren lassen. Fasst mich nicht an…", schüttelte sie Tante Luci angewidert von sich wie ein ekliges Insekt.

„Regina, beruhige dich." Maggie redete nun sanft auf

die am Boden knieende Furie ein. „Wir möchten dir doch nur helfen. Du zitterst ja." Sie reichte ihr eine Tasse Tee. Doch niemand nahm ihr das Getränk ab.

„Ihr hättet mit der Hexe verbrennen sollen! Warum habt ihr sie aus der Scheune getragen?! Ihre dunkle Magie hat euch dazu gebracht...", richteten sich ihre boshaften Worte nun gegen Pascal und Louis.

„Die Jungs haben ganz heldenhaft gehandelt, Regina. Natürlich war es töricht, sich solcher Gefahren auszusetzen. Sie hatten sicherlich mehr Glück als Verstand und einen ganz großen Schutzengel an ihrer Seite", mischte sich Luci ein. Sie konnte es nicht ertragen, dass man ihren Lieblingsneffen angriff.

„Nun beruhige dich doch wieder, Regina. Hier, nimm einen Bissen. Der Kuchen duftet köstlich. Das wird dir guttun." Maggie führte ihr ein Stückchen Mandelkuchen an den Mund, doch Regina presste nur feste die dünnen Lippen aufeinander, bis diese ganz weiß wurden. „Na gut, wenn du nicht magst... Ich nehme gerne eine Kostprobe von deinem herrlichen Mitbringsel." Maggie wollte die Alte damit besänftigen und wieder Vertrauen aufbauen. Ein hämisches Funkeln blitze in den Augen der Hexe auf und für einen kurzen Augenblick zuckten ihre Mundwinkel nach oben.

„Neeeiin!" Louis schlug seiner Tante den Kuchen mit einem kräftigen Hieb aus der Hand. Und noch ehe Rufus nach der kulinarischen Köstlichkeit schnappen konnte, hatte sich Louis sicher darüber geworfen.

„Der Kuchen ist vergiftet!!!"

*

Ungläubig blickten alle Anwesenden drein. Lediglich Regina bebte vor Zorn und funkelte böse zu Louis, der ihre mörderischen Pläne vereitelt hatte.

„Was redest du da nur, Jungchen." Sie lachte aufgesetzt. „Der Kuchen ist nicht vergiftet. Die Hexe hat deine Sinne verzaubert. Du kannst ja nicht mehr klar denken."

„Wenn das so ist, dann nimm doch zuerst selbst ein Stückchen von deinem Mandelkuchen, Regina." Luci streckte ihr provozierend die Plastikbox voller Kuchen entgegen. Regina erstarrte urplötzlich. „Naaa, nicht einen kleinen Happen?!?" Luci wurde scheinheilig, doch die Hexe hielt beharrlich die Lippen verschlossen.

„Ich verstehe nicht!", gestand Maggie. „Gift? Warum wollte sie uns töten? Sie konnte doch nicht ahnen, dass Wolfrun uns aufgesucht hat."

„Der Anschlag galt nicht der Schäferin, sondern uns, Tante Maggie! Regina hat sich gerade verraten, denn sie konnte unmöglich wissen, dass wir Wolfrun aus der Scheune getragen hatten. Es sei denn, sie wäre selbst vor Ort gewesen", schlaubergerte Louis und richtete sich an die am Boden kauernde Alte. „Sie haben das Feuer gezündet. Sie wollten die vermeintliche Hexe brennen sehen. Sie sind wahnsinnig! Doch leider hatten sie nicht geahnt, dass Wolfrun an diesem Morgen nicht allein war. Wir kamen rechtzeitig zu

Hilfe und verhinderten ihren Mordanschlag an der Schäferin." Er machte eine vielsagende Pause. „Und heute wollten sie sich dafür rächen. Sie konnten nicht sicher sein, ob wir sie bei ihrem Vorhaben gesehen hatten und womöglich belastende Zeugen waren, daher planten sie uns ebenfalls zu beseitigen. Doch sie sind kläglich gescheitert, Regina, denn sie ahnten nicht, dass Wolfrun nicht nur ohne schwerwiegende Schäden überlebt hatte, sondern vielmehr sich hier im Hause befand und sie bei ihrer frischen Tat überraschte."

„Der siebte Sinn der Hexe wurde mir zum Verhängnis", zischelte die Alte. „Sie ist nicht tot zu kriegen. Seht ihr nicht, dass sie alles überlebt? Ist euch das nicht der endgültige Beweis ihrer schwarzen Magie?!"

Regina tat verständnislos, da niemand ihre Abneigung gegen Wolfrun teilte.

„Sie haben schon öfter probiert Wolfrun auszulöschen, nicht wahr? Sie wissen, wer sie ist."

Regina blickte mit schaurigem Ausdruck in die fassungslose Runde. Vernichtender Hass strömte durch ihre kleine Statur und eine desaströse Gewalt umhüllte ihre aufgebrachte Aura.

„Ich ahnte von je her, dass dieses Geschöpf eine Geburt des Teufels sein musste. Ihr Seele entspringt direkt aus dem feurigen Schlund der Hölle. Ich spürte dies von Anfang an. Jedes Mal, wenn ich ihr begegnete, vernahm ich einen überraschend bekannten Ausdruck an ihr. Er war beinahe familiär. Hinter den grauen Augen fand ich Heinrichs leuchten wieder. Heller als der Leuchtturm in der Nacht den Schiffen den Weg wies, wies mir Wolfruns Blick einen berechtigten Zweifel, der mich in der Nacht wachhielt. Je genauer ich ihre dünnen Lippen studierte, desto mehr erkannte ich Marits Lächeln darin. Mein Verdacht verfestigte sich, dass der Embryo im Jahre 1984 aus unerklärlichen Gründen das Gift überlebt hatte. Welche Magie, wenn nicht dunkle, vermochte es ansonsten dem Tod zu trotzen!?!" Regina riss ihre fahlen Augen auf und das schüttere Haar fiel ihr strähnig ins Gesicht. „Jahrelang hatte mich ihre Existenz im Schlaf verfolgt. Doch obwohl ich sie nie aus den Augen ließ, gab mir die Hexe keinen Hinweis, dass sie um ihre Abstammung wusste. Doch dann tauchte eines Tages dieses Mädchen auf, das in der Vergangenheit grub und ich erfuhr, dass Marits Bastard tatsächlich überlebt hatte. Sie lieferte mir den unumstößlichen Beweis, dass der Teufel über den Himmel gesiegt hatte. Waren wir alle verdammt? Eine Todesangst überfiel mich die kommenden Tage, doch mein Glaube führte mich zurück auf den richtigen Weg. Ich kam allerdings zu spät. Heinrich war bereits verhext worden. Seine Sicht war vollkommen verblendet. Als ich ihn aufsuchte, brachte er mir nichts als unsäglichen Hass entgegen. Versteht ihr? Mein Heinrich, mein heißgeliebter, lieber Heinrich wendete sich nun gegen mich. Verzaubert von dunkler Magie verabscheute er mich und befahl mir, ihn nie wieder aufzusuchen. Ich betete viele Nächte und schließlich flüsterte mir der Herr die Antwort zu, die das Gleichgewicht der Welt wieder herstellte." Regina hielt auf einmal inne.

„Wie haben sie es getan? Wie haben sie es geschafft, dass Heinrich, der die Gezeiten besser kannte als alle anderen Nordstrander, die Flut nicht kommen sah?" Louis wollte nun die ganze Geschichte hören. Regina lachte überlegen, obwohl ihr gleichzeitig Tränen die Wangen hinunter kullerten.

„Du beginnst die Geschichte von der falschen Seite, du dummer Junge. Da glaubt ihr, dass ihr alles aufgeklärt habt und kennt doch nur einen Bruchteil der Hintergründe...", lachte sie nun wahnwitzig. „Als ich mit Heinrich fertig war, wollte er nichts anderes mehr als Sterben!" Und ohne weitere Erklärung schloss sie siegesgewiss das Kapitel ab. Endlich hörten die erstaunten Bewohner erste Sirenen in der Ferne, die sich rasant näherten. Die Polizei nahm sowohl Wolfrun, Regina als auch den vergifteten Mandelkuchen mit auf die Wache. Danach kehrte Ruhe in das alte Bauernhaus.

*

Es war ein glasklarer Morgen. Louis saß mit einer Tasse Tee vor dem Haus seiner Tanten und ließ sich die Morgensonne ins Gesicht scheinen. Rufus suchte währenddessen jeden Rosenbusch und jeden Baum mit der Nase ab und erschnüffelte ausgiebig die feinen Aromen des neuen Tages. Vier Tage waren seit der Verhaftung von Regina und Wolfrun vergangen. Vier Tage voller Vernehmungen und Verhöre. Auch seine Tanten, Pascal und er waren mehrfach geladen und ausgiebig befragt worden. Sie hatten alle Fakten und jede Theorie berichtet, zu deren Schlussfolgerungen sie während ihrer Recherchen gekommen waren. Den ermittelnden Kommissaren, die extra aus Flensburg angereist waren, blieb bei der unglaublichen Geschichte beinahe der Mund offenstehen. Selten fanden sie auf den ländlichen Dörfern, hier oben im Norden, solch Gräuel bei ihren Ermittlungen vor und noch nie in ihrer gesamten Laufbahn hatten sie eine achtzigjährige Serientäterin überführt. Doch in der Tat zeigte sich während der zeitaufwändigen Verhöre das vollumfänglich schreckliche Ausmaß Reginas mörderischen Verhaltens. Ihr tiefsitzender Hass und ihre krankhafte Eifersucht brachen immer wieder aufs Neue aus der alten Frau heraus und offenbarten eine Geschichte voll wahnsinniger Dynamik. Regina gestand nicht nur den Giftanschlag auf Louis und seinen Tanten, sowie den Mordanschlag auf die Schäferin, sie gestand darüber hinaus sowohl Heinrich als auch die junge Studentin Katharina Stenzel vergiftet und zum Selbstmord getrieben zu haben. Sie berichtete von der gescheiterten Zwangsabtreibung ihres Enkelkindes und von ihrer krankhaften Liebe zu Heinrich…Und es blitzte noch eine weitere, längst vergangene Tat auf, für die sich Regina würde verantworten müssen, denn Mord verjährt nicht.

Wolfrun hingegen konnte nachweisen, dass sie in keinem der mörderischen Vorfälle verstrickt war. Sie wurde lediglich für die Körperverletzung an Regina zur Rechenschaft gezogen. Doch vermutlich würde sie mit einer geringen Strafe und mildernten Umständen, aufgrund des emotionalen Ausnahmezustands, davonkommen.

„Da bist du ja, Liebchen. Genießt du auch ein wenig die Sonnenstrahlen?" Tante Maggie war nach draußen gekommen und nahm in ihrem dick eingehüllten Morgenmantel neben Louis auf der Bank Platz. „Herrlich, nicht wahr?" Sie blinzelte der Sonne entgegen.

„Man muss es ja ausnutzen, bevor wieder Regenwolken ran ziehen. Ich kann kaum verstehen, wie ihr diesen ständigen Wetterwechsel ertragen könnt. Jeden Tag Sonne und Regen abwechselnd. Das nervt doch total." Louis hatte allmählich Sehnsucht nach Mannheim mit seinem beständigen Stadtklima.

„Ach, mein lieber Junge, ohne Regen keine saftigen Wiesen. Und ohne saftige Wiesen keine glücklichen Tiere…", lächelte sie weise. Louis verstand. Er schloss die Augen, um die seltene Sonnenstunde mit allen Sinnen zu genießen.

„Ich bin noch immer fassungslos, dass wir über Jahrzehnte Tür an Tür mit einer Mörderin gelebt haben. Also man müsste wirklich in die Köpfe der Menschen hineinschauen können", sinnierte Louis´ Tante nachdenklich.

„Und, wie ich finde, eine Täterin mit ausgesprochen perfider Grausamkeit!" Er stimmte dem Unverständnis zu. Nun kam auch Luci zu ihnen und quetschte sich neben die beiden auf die kleine Holzbank vor dem Haus. In ihrer Hand hielt sie einen Teller Zimtschnecken, die sie gestern alle gemeinsam gebacken hatten.

„Macht mal ein wenig Platz für mich, ihr Lieben. Luci würde ihren süßen Popo gerne noch dazu quetschen", befahl sie liebevoll und schob Louis mit ihrer dicken Hüfte kraftvoll bei Seite. „Ich habe euch Frühstück mitgebracht. Greift zu!" Sie hob einen Teller Zimtschnecken in die Runde. „Täusche ich mich oder ist hier gerade trübe Stimmung angesagt?"

„Schätzchen, wir sprechen gerade über Regina."

„Das lässt dich nicht los, nicht wahr?" Luci streckte die Hand nach ihrer Partnerin aus.

„Wie könnte es auch?! Was sie getan hat, ist einfach nur schrecklich. Sie muss wirklich krank sein."

„Zumindest liebeskrank. Wusstet ihr, dass sie ihr ganzes Leben lang in Heinrich verliebt war?"

„Eigentlich nicht. Das hatte sie gut verborgen. Aber es

wurde natürlich gemunkelt, dass sie in ihrer Ehe sehr unglücklich war. Wie das damals eben war, wurde die Ehe mit Herrn Ackermann arrangiert. Der Wirtshausbesitzer war immerhin eine gute Partie im Dorf. Wohlhabend, im Gegensatz zu den meisten Gemeindemitgliedern. Doch offenbar hatte er nie ihr Herz gewinnen können."

„Nein, das hat wohl ein anderer. Sie hatte ihrer Fühler nach Heinrich ausgestreckt und wie sie in den Verhören berichtet hatte, sogar eine monatelange Liebesaffäre mit ihm geführt, als sie noch ganz jung waren. Mit der Geburt Marits und der Hochzeit mit dem Wirt *Zum Hasen* endete allerdings ihr kleines bisschen Glück. Ihre Liebe schien jedoch all die Jahre zu überdauern. Ihr könnt euch vorstellen, wie wütend sie das gemacht hatte, als sie schließlich von der Affäre ihrer Tochter mit ihrem heißgeliebten Heinrich erfuhr", berichtete Louis von den Gerüchten um Regina, die er beim Verhör mitbekommen hatte.

„Ja, mordsmäßig wütend!"

„Luci, ich bitte dich. Du wirst pietätlos!"

„Entschuldige, Maggie."

„Na jedenfalls war sie rasend vor Eifersucht. Daher ihr rigoroses Vorgehen bei der Abtreibung. Und schlimmer noch, sie schwor sich, an Heinrich zu rächen und ihm das Liebste zu nehmen, dass er hatte: seine Schwester." Louis machte eine vielsagende Pause. „Anna-Marie Holm war eine junge lebensfrohe Frau und stand ihrem Bruder sehr nahe. Auch den Rosenmontag 1984, am Tag ihres Verschwindens, feierte sie mit ihm und einer Freundin im Wirtshaus. Doch als sie sich zum Gehen verabschiedete, blieb Heinrich noch, immerhin war er auf diese Weise nahe bei Marit. Regina nutzte die Gelegenheit und verfolgte Anna-Marie und ihre Freundin, bis sich ihre Wege trennten. Sie tötete die unschuldige Frau noch auf dem nach Hause Weg und versank ihren leblosen Körper im Moor. Heinrich kam nie damit zurecht, dass er seine Schwester hatte alleine nach Hause gehen lassen und verließ Nordstrand, um seinen Schuldgefühlen zu entfliehen. Reginas Rache war vollzogen."

„Diese grausame Frau!" Luci biss herzhaft in ihre Zimtschnecke und wirkte dabei wie ein emotionaler Elefant im Porzellanladen. Maggie verdrehte die Augen. Sie kannte Lucis oftmals gröbere Art, mit schwierigen Gefühlen umzugehen. Obwohl sie grundsätzlich über eine große Empathie verfügte, brachte sie sie selten richtig dosiert zum Ausdruck.

„Und vielleicht wäre es bei einem Mord geblieben, wäre nicht eines Tages die Studentin Katharina Stenzel aufgetaucht." Louis fasste die Geschichte abschließend zusammen. „Das Schicksal hatte Regina wieder eingeholt und sie musste handeln, wollte sie Heinrich nicht verlieren. Unter dem Vorwand über Marits Vergangenheit zu sprechen, lockte sie die junge Studentin und traf sich mit ihr nahe des Heidemoors. Auch ihr bot sie eines ihrer tödlichen Kuchenteilchen an, doch im Gegensatz zu uns, misstraute Katharina der alten Frau nicht. Ein tödlicher Fehler. Sie erstickte noch während ihres gemeinsamen Spaziergangs durch das Heidemoor und war bald vom nassen Morast aufgezehrt. Alles, was dann noch auf der Oberfläche von ihr zu sehen war, wurde Futter für die Krähen und Möwen."

„Der ewige Kreislauf des Lebens..." Luci leckte sich den klebrig süßen Zucker von den Fingern.

„Also Luci, manchmal bist du wirklich hartherzig. Ich frage mich, wie ich mich in so eine Frau habe verlieben können." Maggie verschränkte die Arme vor der Brust und wendete den Kopf beleidigt von ihrer Partnerin ab.

„Du konntest eben meiner natürlichen Attraktivität nicht wiederstehen, Liebchen." Sie zwinkerte kess. „Außerdem finde ich sollten wir die Toten nun ruhen lassen."

„Kannst du die Vorfälle wirklich so rasch für dich abhaken?"

„Ich kann und ich sollte! Ich habe wenig Lust darauf, dass mich all die zerfledderten Leichen in den Träumen aufsuchen. Nein, nein, da fokussiere ich mich lieber auf die Lebenden."

„Ich fürchte, ich muss noch ein wenig darüber sprechen, um all die Geschehnisse zu ordnen. Mein Verstand möchte immer noch nicht glauben, was sich hier alles Schreckliches zugetragen hat."

„Wer hat Lust auf Kaffee? Ich denke, ich setze uns gleich mal eine gute Kanne voll auf." Luci verließ rasch die Szene. Sie hatte wenig Sinn dafür, die Toten wieder aufleben zu lassen. Sollte sich Maggie ruhig mit Louis weiter darüber unterhalten, solange er noch zu Besuch war. Vielleicht waren Maggies Gedanken ja bis zu seiner Abreise geordnet. Sie würde ihrer Partnerin sicherlich in diesem Thema keine besonders große Hilfe sein können.

„Der Hauptkommissar glaubt allerdings, dass Regina für den Tod von Heinrich nicht belangt werden kann."

„Aber sie hat doch gestanden ihn in den Selbstmord getrieben zu haben?!"

„Das ist richtig, aber Selbsttötung ist keine Straftat. Und soweit mir bekannt ist, kann auch die Anstiftung dazu nicht strafrechtlich verfolgt werden, Tantchen. Dennoch wird sie für all die anderen Taten bis zu ihrem Lebensende sicher hinter Gittern verwahrt. Mach dir keine Sorge."

„Aber warum musste sie den guten Heinrich denn ebenfalls beseitigen? Stellte er eine Gefahr dar?"

„Ja, das sicherlich auch. Er hätte Regina vermutlich schwer belasten können. Doch Reginas Hauptmotiv war nicht die Sorge, für ihre Straftaten verurteilt zu werden. Sie konnte schlicht nicht ertragen, dass Heinrich sie hasste, nun wo er die Wahrheit über sie kannte. Sie hatte gespürt, dass sie ihren heißgeliebten Leuchtturmwärter für immer verloren hatte. In ihrer verzerrten Logik musste es sie unheimlich gekränkt haben, dass er kein Verständnis für ihre Motive aufbringen konnte. Damit hatte seine

Daseinsberechtigung ausgedient.

„Langsam begreife ich, wie diese Frau funktioniert. Aber, dass sich ein gestandener Mann wie Heinrich von ihr derart manipulieren lässt, dass er sich das Leben nimmt, hätte ich nicht für möglich gehalten."

„Das ist so, Maggie: Regina hatte ihr ganzes Leben lang Heinrich beobachtet. Sie kannte ihn vermutlich besser als er sich selbst. Sie wusste um seinen wunden Punkt: die Schuldgefühle. Und diese setzte sie bei ihrem letzten Schachzug ein. Sie überzeugte ihn mit ihrer rigorosen Art davon, dass es allein seine Schuld war, dass seine Schwester sterben musste. Er hatte sie nicht beschützen können. Seiner Affäre mit Marit war es zu verdanken, dass er Regina erzürnt hatte. Anna-Marie zahlte ihr Leben dafür. Und sie redete ihm ein, dass auch die Studentin wegen ihm ihr Leben lassen musste. Sie drohte ihm, dass auch seine Tochter sterben würde, würde er nicht endlich die Verantwortung auf sich nehmen und seine gerechte Strafe erhalten. Heinrich brach unter ihren Schuldvorwürfen ein, nahm ein Stück ihres vergifteten Kuchens und wanderte bei Ebbe ins Watt. Als die Flut kam, war er bereits lange tot."

Maggie hielt ihre Hand erschüttert vor den Mund. So viele Tragödien, so viel unnötiges Leid. Wegen einer liebeskranken Frau.

„Ich hoffe sie wird ihre Taten irgendwann bereuen!"

Louis drückte seiner Tante tröstend die Hand. Er hatte wenig Hoffnung, dass Regina einsichtig wurde, doch zu seiner Tante sagte er: „Vielleicht versteht sie eines Tages die Konsequenzen ihrer Taten."

*

„So, das dürfte alles sein!" Louis hatte seine Reise-
tasche in den Kofferraum seines kleinen Wagens
geworfen, der friedlich unter dem alten Birnbaum
schlummerte und letzte Kräfte zu tanken schien, ehe
er die lange Heimreise antrat.

„Junge, vergiss dein Proviant nicht. Butterstullen und
Apfelkuchen."

„Danke, Maggie."

Alle vier standen sie in den Morgenstunden um Louis
Auto und hatten schier Tränen in den Augen. Auch
Pascal war noch da. Er hatte die gesamte Nacht bei
Louis verbracht und die beiden waren wiederholt in-
tim geworden, wie auch all die letzten Tage zuvor.
Daher fiel es ihnen besonders schwer Abschied vonei-
nander zu nehmen.

„Du wirst mir schrecklich fehlen, Stadtmensch!"
Pascal umarmte ihn nochmals kräftig.

„Du mir auch, Pferdeflüsterer!" Louis lächelte.

„Komm mich doch bald mal in Mannheim besuchen.
Du hast immer Platz bei mir. Versprochen!" Louis
wackelte vielsagend mit den Augenbrauen.

„Kinder, ihr hattet Sex!" Luci lachte glücklich und
sorgte bei den sich ertappt fühlenden Jungs für glü-
hende Gesichtsröte. *Woher sie das nun wieder wusste,*
verdrehte Louis im Geiste die Augen. In der Tat war
ihr letzter gemeinsamer Abend besonders innig gewesen. Gemeinsam mit Pascal, hatten sie ein exotisches

Menu mit Kürbis und Couscous in der Tajine ihrer Tanten zubereitet und sich so bei den gastfreundlichen Damen für den schönen Aufenthalt bedankt. Die beiden Frauen waren begeistert von der Kochkunst der jungen Männer und schwärmten das gesamte Abendessen davon. Pascal hatte eine gute Flasche Rotwein besorgt und Tante Luci ließ anschließend wieder ihren Birnenbrand rumgehen. Gegen Ende des Abends war sie so beschwipst gewesen, dass sie sogar Musik aufdrehte und Maggie zu einem Tänzchen in der Wohnstube begeistern konnte.

Pascal hatte diesmal offiziell bei Louis übernachtet und war fest entschlossen, seinen Freund nicht abreisen zu lassen, bis sie nicht erneut miteinander geschlafen hatten. Es wurde eine wunderschöne Nacht. Anschließend schlummerten sie herrlich ineinander gekuschelt zusammen ein. Nun mochte Louis doch nicht mehr so dringlich nach Hause, doch seine Ferien waren vorüber. Der Alltag im Restaurant rief ihn wieder zurück und auch der ein oder andere Freund in Mannheim vermisste ihn bereits. Ganz wie früher in der Schulzeit, würde er ein Bündel an abenteuerlichen Geschichten mitbringen, die er auf dem Hof der Tanten erlebt hatte. *So manche Dinge verändern sich eben nie*, dachte er. Und mit einer letzten Umarmung verabschiedete er sich von Pascal und seinen Verwandten. Alle drei winkten ihm so lange hinterher, bis er hinter der nächsten Biegung verschwunden und außer Sichtweite war. Rufus rollte sich neben ihm zusammen, bereit für ein ausgedehntes Schläfchen während ihrer langen Reise nach Hause.

Obwohl Louis zunächst traurig war, all die lieben Menschen zurückzulassen, konzentrierte er sich schon bald auf die Autofahrt, sang aus voller Kehle die Pop-songs aus dem Radio mit und sinnierte, welche Abenteuer das Leben noch für ihn bereithalten mochten.

Er war sicher, die Reise war noch nicht vorbei…

Lesen Sie auch von Timo Vega

Sechser-Vergnügen -
Ein unterhaltsamer Urlaubs-Roman über Freundschaft und Liebe

Die Drei Männer Salahs -
Ein homoerotischer Roman über erste sexuelle Erfahrungen und Traumabewältigung

Der Innere Punkt -
Eine Kurzerzählung über das Psychogramm einer genderfluiden Person

Timo Vega

Sechser-Vergnügen

*Anstatt mit seinen besten Freunden Martin und Tarek
einen Super-Single-Goes-Gay-Pride-Urlaub zu verbringen, entwickeln sich die Dinge für Jonah ganz
anders, der sich plötzlich mit zwei frisch verliebten
Pärchen und einem Blind Date, das nicht so richtig zu
ihm passen mag, in einem Ferienhaus abseits der
queeren Szene wiederfindet. Und als wäre die unge-
wöhnliche Konstellation nicht schon kompliziert
genug, taucht da plötzlich auch noch Yannick auf und
sorgt für mächtig Gefühlschaos in der Villa. Mit zynischer Komik werden Freundschaften und Beziehungen
auf die Probe gestellt und nicht zuletzt um die wahre
Liebe gekämpft.*

#Sommerliebe #Freundschaft #Gaylove

Timo Vega

Die Drei Männer Salahs

Als Salah seinen ersten Ferienjob im Hotel Eden annimmt, ahnt der junge Spanier nicht, welche Geheimnisse der Sommer birgt. Nicht genug, dass er das erste Mal auf sich allein gestellt ist, stellen auch noch drei Männer sein Leben auf den Kopf. Verwirrende Gefühle und zwielichtige Abenteuer wecken bislang ungeahnte Begierden in Salah, bis ein einschneidendes Erlebnis ihn fast zerbricht.

´Die Drei Männer Salahs´ handeln von geheimen Leidenschaften und sexueller Grenzerfahrungen, von Traumabewältigung und Liebe. Und alles verpackt in der Leichtigkeit des Sommers

#Erotik #Sommerliebe #Coming Out #Traumabewältigung

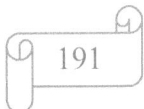

Timo Vega

Der Innere Punkt

Timo Vega

Der Innere Punkt

Die Kurzerzählung `Der Innere Punkt` begleitet einen namenlosen Mann in Frauenkleidern, der sich, nach einer bitteren Enttäuschung, plötzlich die Frage nach seiner eigenen Identität, seinem inneren Punkt, beantworten muss.

Eine unlösbare Aufgabe? Oder ist der Prozess der Selbstfindung bereits in Arbeit?

#Genderfluide #Innere Leere #Weiße Depression #Identitätssuche

Zum Autor

Als selbst queer lebender Mann verfasst der Autor seit 2023 unter dem Pseudonym Timo Vega seine Erzählungen aus Sicht der LGBTIQ-Community. Dabei fühlt er sich gleich in mehreren Genres zuhause.

Nach der erfolgreichen Publikation seiner zum Nachdenken anregenden Kurzgeschichte >Der Innere Punkt< über eine genderfluide Person, begann die Karriere von Timo Vega rasant an Fahrt aufzunehmen.

Noch im gleichen Jahr verzauberte die homoerotische Liebeserzählung >Die Drei Männer Salahs< die Lesenden mit der einfühlsamen Liebesgeschichte des jungen Salahs, der sich auf eine abenteuerliche Gefühlsreise einlässt.

Ein Jahr später versüßte der Autor die Ferien seiner Leserschaft mit dem kurios unterhaltsamen Urlaubsroman >Sechser-Vergnügen<, in dem er mit zynischer Komik die Hürden des Single-Daseins und die Schwierigkeiten um Freundschaft und Liebe thematisierte.

Mit der Veröffentlichung der ersten Ausgabe seiner spannenden Krimireihe um den jungen Detektiv Louis, betritt Timo Vega erneut gekonnt neues Terrain. Seine Fans dürfen sich auf aufregende Unterhaltung, realistisch dargestellte Charaktere und zuckersüße Hauptprotagonisten freuen. Euch allen ein pures Lesevergnügen wünscht euch euer

Timo Vega